BLACK
Swan

(SWEDISH EDITION)

MARYAM YAZDAN ABAD

Paperback: 978-1-968667-49-8
eBook: 978-1-968667-50-4
Library of Congress Control Number: 2025917742

This is a work of fiction.

Ordering Information:

Prime Seven Media
518 Landmann St.
Tomah City, WI 54660

Printed in the United States of America

Allt du söker finns redan inom dig.

FÖRORD

Den här boken är inte bara en berättelse, den är en resa. En resa genom mörker och ljus, genom förlust och återuppbyggnad, genom sorg, styrka, vänskap, och till sist, hemkomst.

Till dig som håller denna bok i din hand: detta är för dig som har fallit, rest dig, kämpat tyst, älskat djupt, förlåtit i hemlighet, och överlevt det som andra aldrig kommer förstå.

Jag vill dedikera denna bok till min mamma, min drottning, min krigare, mitt ljus.
Tack för att du aldrig gav upp, även när världen föll omkring dig.
Tack för att du visade mig hur en kvinna kan resa sig ur askan, starkare varje gång.
Tack för att du lärde mig att inte ge upp, att våga drömma, och att tro på min egen väg.

Det är genom dig jag har förstått vad sann styrka innebär.

Och till dig som läser, kanske kommer du hitta delar av dig själv i dessa sidor.

Må du aldrig glömma att snällhet är styrka.
Att självkärlek är grunden till all kärlek.

Och att livet, det vackra, enkla, storslagna livet, bor i ögonblicken vi väljer att möta med närvaro.

Med kärlek,
Maryam

VENUS

Rummet vibrerade av skratt, klirrande glas och tung musik. Människor trängdes i kvällens rus, röster blandades, dofter av parfym och alkohol svävade i luften. Men mitt i folkmassan satt han stilla. Tom.

Vad gör jag ens här? tänkte han, där han satt i skuggan av ett öppet fönster. Alla dessa kvällar, alla dessa människor. Alkohol. Droger. Falska leenden. Det brukade hjälpa, döva, bedöva. Inte längre.

Tankarna snurrade. Vem är jag? Varför omges jag av så många, men känner mig så ensam?

Ett jamande utanför fönstret bröt hans inre kaos. En katt. Han reste sig, öppnade fönstret, drog in kvällsluften. Den var kall och klar. Skakade om. Han drog tröjan tätare runt kroppen. Axlarna var tunga. Blicken fast i tomheten.

Vad är det som saknas? Han viskade orden som ett samtal med mörkret. Han ville förstå. Ville känna något annat än tomhet. Ville hitta ljuset.

Han såg upp mot trädet på innergården, en gammal ek, formad som en hand som sträckte sig mot himlen. Det påminde honom om barndomen. Då när han klättrade upp i träden för att fly verkligheten.

Där, uppe bland grenarna, fanns en annan värld. Fågelsång, solsken mot kinden. Ljudet av vindspel från mormors altan. Hennes sång, mjuk och trygg, medan pannkakorna fräste i stekpannan.

Mormor. Liten och rund, i sin svarta klänning med stora röda rosor. Hon luktade tvål, socker och kärlek. Där kände han sig trygg, omfamnad av både trädets grenar och hennes närvaro.

Och Fluffet, katten med eldliknande ögon. Hans bästa vän. De pratade i tystnad, han och Fluffet. Katten förstod mer än någon annan. Den fanns där när ingen annan gjorde det.

– Vad gör du här? Jag har letat efter dig överallt.

Han ryckte till. Tog ett bloss från cigaretten, blåste ut mot natthimlen. Vände sig om. Där stod hon.

Venus.

Hennes leende lyste upp mörkret. Hennes ögon, djupa, gröna, med ett stilla hav i blicken. Hennes lockiga röda hår föll som eld över axlarna. Huden, len som sammet.

Han drog henne in i sin famn, utan ett ord. Kyssen var desperat, full av längtan. Hennes kropp smälte mot hans. Hennes linne gled upp under hans kalla hand. Hon tillät sig att försvinna i ögonblicket.

Hon älskade honom. Djupt. Men han var också den som sårade henne mest. Deras kärlek var ett krig, av begär, smärta och ömhet. Hon hade lovat sig själv att rädda honom. Att stanna, vad som än hände.

Men lukten av alkohol blandad med parfym fick henne att rygga inombords. Hon hade börjat vänja sig. Ville inte. Men älskade ändå.

Han tryckte henne mot väggen. Hans kyssar blev hetare. Fingrarna sökte sig under tyget. En dörr öppnades inifrån huset. Röster hördes. De drog sig undan. Hon rättade till kläderna, skrattade nervöst.

Venus blick fastnade på Fredrik. Den blicken hårdnade.

Fredrik, Adams bästa vän. Och hennes mardröm. Något i hans närvaro fick huden att krypa. Hon visste att han var farlig. Hans inflytande på Adam var giftigt. Fredrik var rastlösheten personifierad. En orkan som drog med sig allt i sin väg.

Om han bara kunde försvinna ur våra liv, tänkte hon.

Adam

F redrik var där. Som alltid.

    – Du är full som vanligt, sa Venus kallt.

Fredrik log snett och lutade sig närmare. – När ska du bli snäll mot mig, drottningen?

– När du försvinner från Adams liv, svarade hon utan att blinka.

– Jag var här innan du dök upp. Jag är en gentleman.

Han bugade sig teatraliskt och höll upp dörren. – Damerna först.

Venus kastade en blick fylld av förakt. Hon sa ingenting, bara gick förbi honom som om han var luft. Inte värd ett enda ord.

Adam närmade sig med ett glas vin. – Ignorera honom, min amour. Han är bara avundsjuk.

Venus höll andan. Doften av vin tog henne tillbaka, till den där första kvällen. Fredriks fest. Hon stod vid mattan. En persisk matta i turkost som matchade gardinerna. Detaljerna var glasklara, som en målning hon aldrig glömde.

– Får jag bjuda dig på ett glas vin? hade Adam sagt.

Han stod så nära att hon kunde känna hans andetag. Hans gröna ögon. Den vita tröjan. Mörkblå jeans. Doften av hans parfym, den hon skulle känna igen i åratal framöver.

När han viskade i hennes öra: Jag vill ha dig, svarade hon instinktivt: Ta mig hem.

I bilen hem var det tyst.

– Vad tänker du på, Adam? frågade hon efter en stund.

– Jag vet inte. Jag vill inte vara bland de där människorna längre. Jag är trött på fester. På dem. På mig själv.

Han sänkte rösten. – Jag vet att jag svikit dig. Gång på gång. Jag vill hålla löften, men... alkoholen, drogerna... det är mitt sätt att slippa tankarna. Att få tystnad. Men ikväll hjälpte det inte. Det känns som att jag inte vill fly längre. Jag vill möta allt. Känslorna. Mig själv.

Venus lyssnade tyst. Han fortsatte:

– På altanen idag... jag tänkte på vem jag egentligen är. Träden påminde om mormors trädgård. Jag brukade klättra där som barn. Hos mormor och farmor fanns det värme. Jag var trygg. Men också ensam.

Han svalde. – Pappa reste jämt. Mamma pluggade och jobbade. När pappa väl kom hem... det var värre. Han skrek. Slog. Kallade mig värdelös. Jag hatade hans röst. Hans blick. Hans ord. Jag hatade när han kastade maten i diskhon och skrek på mamma. Jag var rädd för honom.

Venus tog hans hand. Drog honom in i sin famn. Inget behövde sägas. Deras tystnad var vacker – en plats där ord var överflödiga.

Morgonen därpå

Hon vaknade i ett kyligt rum. Den silverblå katten satt stilla och stirrade på henne som en uråldrig domare.

Vid sidan av sängen stod en utdragssoffa. Nyfiken öppnade hon lådan. En gammaldags brun klocka. Ett fotografi. En kvinna i trettioårsåldern, svartvit bild, vänligt leende men tom blick. Hon ställde tillbaka bilden med en suck.

Var är han? Huset var tyst. Dött.

Hon reste sig, svepte filten om sig och gick ut i hallen. I köket möttes hon av ett leende: hennes röda BH och svarta glasögon hängde från taklampan. Hon skrattade.

– Typisk Adam...

På bordet: röda rosor, kaffetermos, pannkakor, sylt och grädde. En handskriven lapp:

"Jag är hos psykologen. Hemma till lunch med sushi. Älskar dig."

Det hade tagit sex månader.

Sex månader att få honom till psykologen. Venus var nöjd. Hoppfull. Om han bara kunde sluta dricka. Hitta en mening.

Hon hade redan funnit sin: hängmattan, katterna, böckerna. Hon behövde inget mer. Hon älskade sig själv. Var lycklig i det lilla.

Men med honom... var hon ännu lyckligare.

Hon ville ha ett enkelt liv med honom. Men livet var sällan enkelt. Motgångar var inte nya. Hon var van. Beredd. Hon var en krigare.

Solen värmde hennes kinder. Hon satt med kaffekoppen, lyssnade på klassisk musik. Katten låg på balkongbordet och övervakade världen. Doften av kaffe, solens strålar, musiken, allt var perfekt.

Tills hon hörde gräl på gatan.

En man stod och blockerade vägen för en kvinna. Hon försökte passera. Han knuffade henne. Hon föll.

– Dra åt helvete! skrek kvinnan. – Jag kommer aldrig tillbaka till dig!

Mannen sparkade. Mot hennes ansikte.

Venus reagerade som en blixt. Kaffekoppen krossades på golvet.

Hon rusade ut.

– Låt henne vara! Jag ringer polisen!

– Det angår inte dig. Hon är min fru!

– Även om hon är det, betyder det inte att du får behandla henne så här!

SARA

Hon började slå numret till polisen, men mannen sprang iväg innan hon hann trycka på ring. Venus rusade fram till kvinnan och hjälpte henne upp från marken. Den vita jackan var fläckad av blod. Ögonen svullna. Mascara rann som svarta tårar nedför hennes kinder.

– Förlåt för besväret, viskade kvinnan, utan att riktigt möta Venus blick.

– Det är ingen fara. Är du okej? Du behöver tvätta av dig. Följ med mig hem, du får vatten och vila en stund.

– Nej… jag vill inte störa.

– Du stör inte. Min sambo är inte hemma, jag är ensam. Kom in och andas ut lite. Sen kan du gå om du vill.

Kvinnan tvekade. Men Venus log. Mjukt. Inbjudande. Hon tog hennes hand.

Venus gick mot badrummet med ett glas vatten. Hon stannade i hallen. Dörren stod på glänt. Där inne stod kvinnan. Hon hade tagit av sig jackan. Det svarta, lockiga håret föll som ett vattenfall över hennes rygg. Hon tvättade försiktigt bort blodet från tyget. Sedan stängde hon av kranen, lyfte blicken, och stirrade på sig själv i spegeln.

Hon la handen på magen. Sänkte blicken. Tårarna föll tyst över hennes kinder.

Venus stod kvar. Hon såg en kropp som bar spår av smärta, men också styrka. Den vita behån vilade mot hennes bruna hud. Hennes ögon... de påminde om ett rovdjurs, vassa, vakna, men trötta.

Kvinnan märkte Venus i spegelbilden. Log svagt.

– Vill du ha vatten? frågade Venus mjukt.

Hon nickade. Tog emot glaset och drack allt på en gång. Djupa klunkar som om varje droppe var liv. Venus kunde inte sluta titta på henne. Den där styrkan. Det sårbara men okuvliga.

– Du är en fin människa, sa hon. – Tack för att du hjälpte mig!

– Det var så lite.

– Jag heter Sara.

– Venus. Trevligt att träffas!

– Detsamma!

En paus.

– Var han din man? frågade Venus.

– Ja. Tyvärr.

– Har han alltid varit så här?

– Ja. Det är inte första gången han misshandlar mig. Varken fysiskt eller psykiskt.

– Vad hände idag?

Sara tvekade. Men orden började rinna.

– Jag började träna brottning för en månad sen. Han klarar inte av det. Han kallade mig hora. Sa att jag bara vill bli kramad av andra män. Han slog sönder byrån. Jag satt på sängen och grät. Då kom han in. Försökte hålla om mig. Ville ha sex. Jag blev äcklad. Jag stack när han gick på toa. Han jagade mig, och slog mig på gatan. Tills du kom.

Venus tog ett djupt andetag.

– Varför stannar du hos honom?

– Jag vet inte. Jag tror... att jag älskar honom. Han är allt jag har. Han är inte alltid sån här. Ibland är han underbar. Som två personer i en. Ibland får han mig att känna mig som en drottning.

– Men det är inte kärlek. Det där är skräck, beroende. Kärlek är inte så. Den ska vara enkel. Varm. Mjuk.

Sara stirrade ner i glaset.

– Kärlek... Jag vet inte ens vad det betyder. Hur kan man förstå något man aldrig haft?

Hon tog ett djupt andetag.

– Jag har överlevt hela mitt liv. Inte levt. Jag har aldrig haft tid att känna efter. Min pappa var affärsman. Men allt han tjänade gick till självmedicinering. Jag vet inte vad han försökte fly ifrån, ångest? Självförakt?

– Min mamma blev sjuk. Hon fick cancer. Jag såg henne försvinna, långsamt. Jag minns en natt, när hon var hög på morfin. Hon låg där och viskade:

"Gud, ge mig lindring. Låt smärtan ta slut. Var hos mig..."

Venus kände hur det stack i ögonen. Hon gick fram och kramade Sara. Hårt. Länge. De grät tillsammans. Och något helades i tystnaden. Något gammalt. Något djupt.

De kände varandra. Trots att de aldrig mötts förut.

– Du kan låna en tröja av mig, sa Venus.

– Tack, men det behövs inte. Jag ska gå nu. Jag vill inte störa mer.

– Du stör inte alls.

Venus gick till sovrummet, öppnade garderoben. Tog ut en vit tröja. Den som hennes mamma köpt, innan de gled isär. Hon stirrade på plagget. Tog ett djupt andetag.

Hur kan jag sakna dig så mycket, mamma...?

Hon såg sig i spegeln.

Jag försökte. Jag gav allt. Men var aldrig tillräcklig för dig.

Tårarna rann. Hon viskade:

– Jag älskar dig, Venus. Du är älskad. Du är tillräcklig. Du är en krigare. Du är god. Jag finns här för dig.

Sara

−V^{arsågod!}

– Tack snälla du! Jättesnällt av dig.

– Så lite så! Får jag bjuda dig på lite vin?

– Det låter som något jag verkligen behöver.

Venus log och gick till köket. Hon tog fram vinflaskan, hennes favorit, Armani, och de vackra kristallglasen hon fått av sin mamma. Ost, vindruvor, en skål med is. Hon sköljde vindruvorna långsamt. Det kalla vattnet rann över hennes händer. En kort stund av frid. Stillhet.

– Armani! utbrast Sara. – Det smakar himmelskt. Jag älskar hur den sura tonen kommer efteråt. Det påminner mig om morfar. Han brukade göra eget vin. Jag var liten… han bad mig trampa på vindruvor i en röd hink. Han köpte till och med särskilda skor till mig. Jag minns känslan, mjukheten, doften, glädjen. Tänk om man kunde känna så igen. Så glad, så levande, av så lite.

– Jag förstår precis, sa Venus. – Jag saknar också den barnsliga enkelheten. När allt var nytt, när inget ansvar vägde. Men vi kan fortfarande välja. Välja att se det lilla, det vackra.

– Ja… det är sant.

Deras samtal gled vidare.

– Hur länge har du varit i Sverige? frågade Venus.

– Sedan 2010. Tiden går fort.

– Hur kom det sig att du hamnade just här?

Sara drog ett djupt andetag.

– Det är en lång historia. När mamma dog... gick pappa sönder. Han drack. Knarkade. Vi förlorade huset. Hamnade i en liten lägenhet i Karaj, utanför Teheran. Han förlorade jobbet. Jag började arbeta när jag var 15. Inte för att jag ville, för att jag var tvungen.

Hon stirrade ut i luften.

– Jag fick ofta sparken. Inte för att jag var dålig. För att jag var ung. Vacker. En kvinna.

Hon imiterade en röst:

– "Du som är så vacker, varför jobba? Jag kan ta hand om dig. Du kan bo hos mig som en prinsessa."

– Och när de inte fick som de ville... då var jag ute.

Venus höll hennes blick. Tyst.

Sara föll in i sina minnen.

– Det var en torsdag. Jag jobbade i en klädbutik. Chefen var obehaglig, men jag stannade, för pengarna. Den kvällen stängde jag butiken. Jag var ensam i provrummet. Plockade kläder. Jag märkte att gardinerna var dragna… och så kände jag en hand mot min nacke. Han pressade mig mot väggen. Jag frös till. Men sen slog jag undan hans arm, knuffade honom hårt i bröstet. Jag vägrade låta honom röra mig. Jag tog min väska, gick därifrån, och jag gick aldrig tillbaka.

Hennes röst brast. Hon kramade sig själv, gungade försiktigt fram och tillbaka. Grät tyst.

– Han betalade mig inte ens. Jag bara gick. Det snöade. Gatorna var tomma. Jag kunde inte anmäla honom. Inte i det landet. Det hade varit mitt fel. Jag skulle blivit kallad hora. För att jag är kvinna. Vi straffas för vår existens.

Venus lyssnade. Andades tungt.

– Jag kom hem. Pappa satt i vardagsrummet. En främling bredvid honom. Jag kände direkt att något var fel. Hans blick gled över min kropp. Jag gick till mitt rum. Stängde dörren. Han kom in. Skrek att jag skulle underhålla gästen.

– Jag vägrade. Han kastade en fjäril åt mig och sa: "Gör som jag säger."

– Jag brast.

– Jag tog paraplyet, slog sönder spegeln. Kastade en skärva mot fönstret. Tog en annan, och drog den över handleden.

Venus flämtade. Sara fortsatte, med tom blick.

– Det gjorde inte ont. Jag kände inget. Det fanns bara tystnad. Kroppen stängde av. Jag låg på det kalla golvet. Och såg deras chockade ansikten. På sjukhuset… där fanns vänlighet. Människor som såg mig. Inte som ett objekt. Bara… som en människa.

– Dagen efter ville pappa gifta bort mig med sin vän. 21 år äldre. Då ringde jag Leila. Sa att jag måste fly. Någonstans. Var som helst.

Venus iakttog henne. Saras ögon var fulla av historier. Smärta, styrka, sorg. Det var något med hennes närvaro, som att de alltid hade känt varandra.

– Vill du ha mer vin? frågade Venus.

– Nej tack. Jag måste nog gå hem. Jag borde inte ha druckit.

Sara la en hand på magen. Tårar började rinna.

– Du är med barn? viskade Venus.

– Ja.

– Grattis!

– Tack… men jag vet inte om jag ska vara glad. Jag är rädd. Jag har aldrig längtat efter barn. Jag har kämpat för att överleva. Nu bär jag ett liv, men jag är trasig. Och pappan… han är sjuk. Jag tror han har schizofreni. Han hör röster. Han är aggressiv. Och han kommer aldrig kunna ta ansvar.

Hon tystnade.

– Jag har bokat tid för abort nästa torsdag.

Venus tog hennes hand.

– Vill du att jag följer med dig?

– Ja, viskade Sara.

Sara och Sam

–V ar har du varit hela kvällen?

  – Tog en promenad.

– Du ljuger. Det är vad du är, en lögnare. Du är ingenting. Ingen vill ha dig. Inte ens din familj. Jag är allt du har. Du är ingenting utan mig.

Han satt på sängkanten, viskade i ett mjukt, nästan kärleksfullt tonfall:

– Så länge du lyssnar på mig har vi inget problem. Jag vill bara ditt bästa. Jag älskar dig. Men du måste lyssna på mig.

Hon drog benen mot magen, gömde huvudet under täcket. Tårarna kom, tysta och heta. Han hade rätt. Han var allt hon hade kvar.

Vännerna hade försvunnit. Först långsamt, sen helt. Han sa att de var horor, att killkompisarna ville ha henne i sängen. Till och med kollegor var ute efter henne, enligt honom. Han var allt hon hade.

Men... var det verkligen sant?

Illamåendet kom som en våg. Hon rusade till badrummet och kräktes. Stirrade på sin spegelbild. Spegeln var krossad, men stod kvar. Splittrad, men fortfarande hel.

Hon andades djupt. Tittade sig i ögonen.

– Du har mig. Jag är allt du behöver. Du behöver inte Sam. Du har mig, Sara. Den enda vars kärlek du behöver, är din egen.

Sara satt i tystnaden. Utanför fönstret gled molnen långsamt förbi, men inom henne rörde sig minnena snabbt. Hon tänkte på den första dagen hon såg honom. Det var en måndag. Hon var på väg till gymmet, trött efter en lång dag, när hon mötte hans blick i trapphuset.

Han öppnade dörren åt henne. Leendet kom naturligt, nästan som om han känt henne hela livet. Hon log tillbaka, lite förvånad över hur ett så enkelt ögonblick kunde kännas så... levande.

Dagen därpå knackade det på hennes dörr. Hon öppnade, och där stod han, med ett fång blommor i handen. Hans röst var mjuk, nästan blyg.

"Jag skulle gärna vilja bjuda dig på middag."

Hon tackade ja.

Under middagen berättade han sin historia. Om hur han förlorat sina föräldrar när han var elva. Om hur sorgen format honom, men aldrig brutit honom. Han hade kommit till Sverige för att studera till ingenjör. Han spelade ett instrument hon aldrig hört talas om. Hans ögon glittrade när han pratade om musik, om livet, om det han älskade.

Han var lång, varm, närvarande. Passionerad på det där lugna, trygga sättet som fick hennes hjärta att sakta ner, inte rusa. Det var inte hans ord som fångade henne. Det var stillheten han bar på. Den påminde henne om något hon själv glömt att hon förtjänade.

Det var så de möttes.

En öppen dörr. Ett leende. Och något som liknade ödet, men som i efterhand visade sig vara en början hon själv valt att gå in i.

Den kvällen när han kom hem var något annorlunda. Luften bar på en storm som ännu inte brutit ut, men som redan låg i varje andetag.

Han öppnade dörren hårt. Blicken brann.

– Hur ska jag veta vad du har gjort? sa han, rakt och utan filter.

– Tre dagar. Tre dagar utan ett ord. Du försvann. Hur vet jag att du inte har legat med någon?

Sara stod tyst. Hon visste att det inte var någon fråga. Det var en anklagelse.

– Jag behövde tänka, viskade hon. Jag behövde andas.

Men han hörde inte.

Med ett steg var han nära. Och plötsligt, hans hand om hennes hals. Trycket mot väggen. Röda ögon. Hat i rösten.

Det var inte längre en man hon kände. Det var en skugga. Ett mörker. Något okontrollerat.

Hon kände det i kroppen:

Han kan ta mitt liv.

Men just då, mitt i skräcken, vaknade något i henne.

En kraft. En glöd. En röst som sa: Inte nu. Inte här. Inte så.

Hon slog undan hans hand. Knuffade honom bakåt. Fick honom ur balans. Sprang. Låste in sig. Satte sig på golvet med bultande hjärta.

Morgonen därpå ringde hon Venus.

– Jag orkar inte mer. Kom hit. Jag behöver hjälp att lämna.

Hon packade i tystnad. En väska. Ett beslut.

Men när hon skulle gå insåg hon: dörren var låst.

Han hade låst in henne.

Hon ringde honom. Hennes röst skakade inte längre.

– Om du inte kommer hit inom femton minuter ringer jag polisen.

Han kom. Satt på trappan och grät. Bad. Lovade. Förnekade.

Men det var för sent.

Den kvällen lämnade hon honom.

Inte bara huset. Inte bara relationen.

Hon lämnade illusionen. Beroendet. Skulden.

Hon valde sig själv.

Och där, mitt i kaoset, började hennes resa.

Den verkliga.

Det tog år innan hon förstod. Fem. Kanske sex. Kanske fler.

Men så småningom såg hon det:

Det var inte hennes fel. Det hade aldrig varit hennes fel.

Han bar på mörker hon inte kunde hela.

Och hon?

Hon var en överlevare.

Nej, hon var mer än så.

Hon var fri.

Där satt hon i tystnaden. Ljuset från fönstret föll på golvet, men inom henne var allt skymning. Hon hade trott att hon älskade honom. Nej, hon hade trott att kärlek var att känna medlidande. Att det fanns något ädelt i att bära någon annans smärta, att försöka laga en trasig själ med sin egen hud.

Men han var inte den hon först såg. Inte längre bara grannen med varma ögon och händer som höll dörrar öppna. Idag var han svartsjuk. Kontrollerande. Nedbrytande. Idag var han ett monster hon kände igen men ändå hade ignorerat. För att hon ville rädda. Ville förstå. Ville hela. Han behövde läkning. Och hon... hon var en healer.

Hon som vuxit upp i ett hem där ingen såg, där ingen höll, där tystnad var svar på gråt. Hon som lärt sig att vara till för andra, för att någon gång kanske, någon gång, få bli buren själv. Så hon gav. Sin tid. Sin kärlek. Sitt hjärta. Sitt jag.

Och han tog. Inte pengar. Inte saker. Han tog hennes självkänsla, bit för bit. Med ord som kröp in under huden. Med blickar som tystade henne. Med närhet som var villkorad. Han fick henne att tro att hon

BLACK SWAN

inte var något utan honom. Att ingen annan skulle förstå. Att ingen annan skulle stanna. Och en efter en försvann de.

Vänner. Röster. Hon själv. Men där satt hon nu. I tystnaden. Och något inom henne vaknade. Inte längre medlidande. Inte längre en vilja att laga. Bara en ren, rå insikt:

Hon ville inte rädda honom längre.

Hon ville att han skulle försvinna. Helt. Fullständigt. Ut ur hennes liv. Ur hennes tankar. Ur hennes kropp.

Hon förstod nu: det var aldrig kärlek.

Det var ett rop från hennes barndom. En önskan att förändra historien genom att förändra honom. Men nu var historien hennes att skriva. Och den här gången skulle hon skriva sig fri.

Hon som reste sig.

Hon gick ut genom dörren med en väska i handen, men det var mer än så som lämnades kvar.

Skulden. Skammen. Tystnaden.

De låg kvar där, i rummet där hon en gång älskat någon som ville äga henne.

Venus's bil stod utanför. Motorn var på. Inga ord behövdes. Bara en blick. En tyst förståelse mellan två kvinnor som burit för mycket, för länge.

De första veckorna var som att lära sig andas igen. Hon vaknade mitt i natten och trodde han stod där. Hon åt i tystnad. Hon sov med lampan tänd.

Men något förändrades.

En kväll, när regnet smattrade mot fönstret och världen höll andan, stod hon framför spegeln. Länge. Hon såg sig själv, på riktigt. Ansiktet trött, men ögonen… levande. Sköra men vakna.

– Jag är kvar, viskade hon.

Och det var där hon började. Inte med stora steg, utan med små rörelser. Ett glas vatten. En promenad i parken. Ett skratt mitt i sorg.

Hon började skriva. Ord som bar smärta, men också sanning. Hon grät ibland, men hon slutade skämmas för tårarna. Hon sa nej. Hon sa ja, men bara till det som kändes helt.

Människor kom tillbaka. Gamla vänner. Nya själar. Inte alla stannade, men hon visste nu att deras närvaro inte längre definierade hennes värde.

Hon började dansa igen. Inte för någon annan, inte för att vara vacker, utan för att kroppen mindes friheten. Hon sa till sig själv varje morgon:

Du är inte svag för att du var kvar.

Du är stark för att du gick.

Och någonstans mellan nattens tystnad och dagens stillhet började hon känna igen sig själv.

Inte som hon var innan honom.

Som hon var bortom honom.

Hon som valde sig själv.

Det var inte bara separationen från honom som gjorde ont. Det var separationen från illusionen, den hon en gång varit. Den som försökt laga allt som gått sönder, i andra. Den som trott att kärlek betydde att ge utan gräns. Den som trott att om hon bara älskade tillräckligt mycket, skulle hon bli älskad tillbaka.

Men nu var hon fri. För första gången på riktigt. Och med friheten kom tomheten.

Inte för att något saknades, utan för att hon inte längre bar alla andra inom sig.

Hon såg sig i spegeln och visste: det var dags att möta sig själv. Inte den version hon visat världen. Den riktiga. Den som älskade djur för att de aldrig ljög. Den som skrivit i mörka rum för att inte explodera. Den som dansade i tystnad, yogade i gryning, andades i motvind. Hon som alltid känt mer än andra, och burit mer än hon behövt.

Hon mindes barndomens tystnad. Hem där kärlek var villkorad och närvaro oförutsägbar. Där hon lärde sig att vara duktig, snäll, lojal. Inte för att det var hon, utan för att det var säkrast så. Hon blev den som höll ihop allt. Den som tog ansvar. Den som fanns där. Och när ingen fanns där för henne, lärde hon sig att bli oumbärlig.

Men nu såg hon det klart. Det var inte kärlek hon fått. Det var bekräftelse på att hon behövde rädda andra för att få stanna kvar.

Så hon slutade. Hon slutade bära andras sår. Hon slutade vara stark för alla utom sig själv. Hon började sätta gränser, inte med ilska, utan med värdighet. Hon slutade förklara sig. Hon slutade be om ursäkt för sitt ljus.

Hon skrev varje dag. Hon skapade. Hon byggde sitt liv, inte ett liv som andra skulle beundra, utan ett hon själv kunde andas i.

Hon drömde stort. Inte för att imponera. För att bidra. Och långsamt kom friden. Inte för att livet blev enkelt. Men för att hon blev hel.

Hon som gav från sin styrka.

Hon brukade ge för att bli vald. Nu gav hon för att hon hade valt sig själv. Det fanns en skillnad. En kraft. Hon visste det nu:

När man hjälper andra från ett sår, blöder man i tystnad. Men när man hjälper från en plats av läkning, då lyser man. Och det ljuset kunde aldrig släckas igen.

Det började försiktigt. Hon delade en tanke, ett ord, en insikt. Kanske i ett samtal, kanske i en klass, kanske med någon som bara behövde bli sedd.

Hon märkte att människor lyssnade. Inte för att hon ropade, utan för att hon var närvarande. Hon klev in i rummet inte för att rädda, utan för att påminna. Om stillheten. Om styrkan. Om den inre friheten.

Hon satte gränser. Hon sa:

Jag kan gå med dig en bit, men jag kan inte bära dig.

Jag ser din smärta, men jag är inte ansvarig för att hela den.

Jag är här, men jag är inte din spegel. Jag är min egen. Och det var där hon fann sin frihet.

I att ge utan att tömmas. I att älska utan att förlora sig själv. I att vara tillgänglig utan att vara till förfogande. Hon var inte längre driven av skuld. Hon var driven av mening. Och det vackraste av allt, hon började få tillbaka. Inte från alla. Men från rätt människor. De som kände igen henne, inte för det hon gav, utan för den hon var.

Hon var inte längre hon som offrade sig. Hon var hon som valde sig, och gav vidare från överflödet.

LEILA

H on gömde sig bakom busstationen. Liten, osynlig. Ville inte
bli sedd. Ville försvinna. På andra sidan gatan stod en pojke.
Kanske fem år. Smutsiga kläder. Trasiga vantar. Ögon stora som
månar. Så fort bilar stannade vid rödljus sprang han fram till rutorna.

Teheran andades tungt. Den var en stad som aldrig riktigt sov,
bara blinkade långsamt i takt med bilarnas tutande hjärtljud och
gatuljusens trötta sken. På dagarna var den het, dammig, påträngande.
På nätterna mjukare, men aldrig tyst. En stad full av löften, men
också av glömda löften. Av drömmar som kvävdes i avgaser. Vid varje
gata stod ett barn. Inte ett barn på väg till skolan. Inte ett barn med
spring i benen och lek i blicken.

Nej. Ett barn med trasiga sandaler, händer som bar för mycket, ögon
som sett för långt. En pojke med smutsiga kinder och en bukett
blommor som han inte själv fått dofta på. En flicka med röda
plastarmband i en korg, som hon sålde med en röst som lärt sig bön
före sång.

De var överallt. Vid trafikljusen, vid trottoarkanterna, vid torget där
vuxna hastade förbi. Barn som inte borde ha vetat vad hunger är.
Barn som kunde priserna på rosor, men inte alfabetet.

Teheran var vacker ibland. Solnedgången över Alborzbergen kunde få vem som helst att glömma. Men på gatorna, i hörnen där asfalten spruckit, låg sanningen. Där fanns barn med magar som kurrade, med mammor som grät tyst om nätterna, med pappor som försvann i rök eller skuld.

Där fanns barn som bar hela familjers överlevnad i sina plastkassar. Där fanns barn som inte visste vad barndom var.

Och ändå, ändå log de ibland. De log med ögon som fortfarande hoppades. Med röster som ropade "kharid konid!", "köp, köp!", som om varje försäljning var ett steg närmare nåd.

Det fanns tusentals av dem. Och varje gång någon köpte en blomma och tittade bort, försvann de lite till.

Teheran var en storstad. Men för vissa, var det bara en labyrint utan utgång.

– Blomma? Rosor? Köp till din fru, sir?

De flesta vevade upp fönstret. Andra ignorerade honom helt. Men han gav sig inte. Nästa bil. Nästa fönster. Samma fråga. En man i svarta kläder närmade sig. De pratade kort. Mannen blev arg. Höjde handen. Slog honom hårt.

Pojken föll. Grät. Mannen skrek:

– Vad har du gjort hela dagen om du inte ens tjänat en jävla Rial?

Leila kunde inte titta på. Hon sprang över gatan, knuffade mannen och skrek:

– Rör honom inte!

– Det angår inte dig! Han jobbar för mig. Lägg dig inte i.

– Han är ett barn!

Hon vände sig mot pojken, hjälpte honom upp.

– Är han din pappa?

– Nej… jag har inga föräldrar, viskade pojken.

– Jag bodde på gatan tills Hassan hittade mig. Han ger mig mat. Men jag måste jobba för honom…

– Leila! Vad håller du på med?!

Sara kom springande. Vit vårduniform. Blå sjal. Men inget kunde dölja blåmärket runt ögat. Sprucken läpp.

– Vad har hänt med dig? viskade Leila.

– Jag berättar sen. Vi måste skynda oss nu.

De satt tysta. Blickarna vilade på staden som gled förbi. En sorts farväl. Till gatorna, människorna, smärtan.

– Jag är rädd, Leila.

– Det är okej att vara rädd. Man dör inte av det.

Sara log svagt.

– Vad hände med dig Leila? Varför är du skadad?

– Han gjorde det. Jag kom hem från skolan, var trött. Ville bara vila. Han la sig bredvid mig. Kramade mig. Kysste mig på halsen. Jag skrek. Knuffade bort honom.

– Då slog han mig. Tills han blev andfådd. Blodet från min läpp stoppade honom inte. Mamma trodde inte på mig. Hon sa att jag ljuger.

– Jag hade redan packat ryggsäcken när du ringde. Jag visste, stannar jag, kommer han försöka igen.

Sara tog hennes hand.

– Jag är ledsen. Men du har mig.

– Och du har mig. Vi har varandra.

Vägen mot frihet.

De satt i baksätet på taxin. Hjärtan slog som trummor i bröstet, i takt med motorljudet som bar dem bort. Staden försvann utanför rutan, men ingen av dem vände sig om. Det fanns inget kvar att hålla fast vid. De lämnade ett land där kvinnors röster inte räknades. Där rättigheter delades ut till män vid födseln och nekades kvinnor i tystnad. Där en kvinna inte var en människa, utan ett objekt. Ett namn på ett papper. Där stela dokument vägde mer än hennes smärta.

Sara flydde från ett äktenskap hon aldrig valt. Leila från en far vars händer aldrig känt ömhet. De visste inte vart de skulle. Men de visste vad de lämnade bakom sig:

En plats där de aldrig känt sig hemma. Ett land där en kvinnas kropp kom före hennes själ. Där lydnad kallades heder. Och tystnad, respekt. Men de var inte tysta längre. De var inte lydiga. De var inte svaga. De var krigare. Och krigare bär inte alltid svärd, ibland bär de ärr. Ibland bär de en resväska och ett sista hopp. De sa inte mycket till varandra. De behövde inte. Deras blickar sa allt:

Vi har inget kvar. Men vi har varandra. Och vi är på väg. Vi söker frihet. Inte friheten som säljs i slagord. Inte den som lovas på papper. Utan den sanna friheten, den man kräver när man väljer sig själv. När man säger: aldrig mer. När man går genom elden utan att vänta på att bli räddad. De visste inte vad som väntade på andra sidan gränsen. Men de visste en sak:

De skulle aldrig mer vända tillbaka. De var inte födda för att tiga. De var födda för att resa sig.

Minnen från morfar

L eila mindes morfar fråga:

    – Vet du vem du är?

Hon hade skrattat nervöst.

– Klart jag vet. Jag är ju Leila.

– Javisst. Men... vem är Leila?

Hon tystnade.

– Jag vet inte. Jag har aldrig riktigt tänkt på det.

Morfars ögon lyste.

– Titta på vilka du har omkring dig. Hur du lever. Vad du väljer. Vem du omger dig med speglar dig. Speglar din självbild. Är det verkligen så du vill leva?

Leila hade alltid gått sin egen väg. Köpte sin första bil som 17-åring. Började jobba som 13-åring. Inte för nöje, för överlevnad. För att vara den vuxna hon själv saknat.

Hon älskade bilar. Drömde om att tävla. Och hon gjorde det. Men lyckan var kort.

Morfars ord blev vägledande. Han lärde henne om självrespekt. Om kärlek till sig själv. Om värderingar.

– Hur kan vi älska andra... om vi inte älskar oss själva?

Men någonstans på vägen hade hon glömt det. Glömt sig själv.

Hon öppnade sin dagbok och skrev:

Du är vacker.

Du är underbar.

Du är en fin människa.

Du är kraftfull.

Du är stark.

Du är omtänksam.

Du duger.

Adam

−V enus! Älskling!

    – Varför skriker du, Adam? Klockan är nästan tre. Herregud... Du kan inte ens stå på benen.

Han vinglade i hallen. Ögonen rödsprängda, mungiporna slappa. På soffan låg hans jacka, skorna fortfarande på. De vita rosorna, de som han köpt för två veckor sen, stod fortfarande kvar i vasen. Vissna. Doftlösa.

Och ändå... här var de igen. Samma cirkel. Samma skådespel. Förlåtelse. Tystnad. Förtvivlan.

Hur länge skulle hon hoppas att han kunde förändras?

Var det verkligen så svårt?

Var det detta som kallades kärlek?

Eller var det något annat... något snedvridet? En skuld? En vana?

Hon såg på honom. Den hon en gång älskat. Han var trött. Vilsen. Förlorad. Men varför tyckte hon fortfarande synd om honom?

Har jag förväxlat kärlek med medlidande? tänkte hon. Jag har alltid tyckt synd om människor. Tagit på mig rollen som räddare. Som tröstare. Som den som ger utan att fråga. Men vem tröstar mig?

– Mmm… doften av kaffe… Tack, älskling.

Han rörde på sig, gäspade stort. Hon satte ner koppen framför honom.

– Var du hos Fredrik igår?

– Ska du börja igen? Jag har huvudvärk. Jag orkar inte med den här skiten.

– Du hade lovat att inte göra om det.

– Göra om vad?

– Det där. Att fly från dina känslor med sprit och tabletter.

– Sluta! Ska jag be om lov för att ha kul med mina vänner? Ska du bestämma hur jag ska leva mitt liv nu? Fredrik har rätt, du är svartsjuk. Du vill att jag ska sitta hemma och bara vara med dig. Men förlåt, så fungerar inte jag.

Venus tystnade. Hon ville inte bli arg. Ville inte explodera. Ville inte vara som han.

– Det handlar inte om svartsjuka, Adam. Han är inte bra för dig. Han är olycklig, vilsen. Jag är inte din fiende, jag försöker hjälpa dig.

– Hjälpa mig med vad?

Hans röst var kall. Nästan hånfull.

Spegeln

A dam hade stormat ut, med jackan halvt knuten och hjärtat bultande som en krigstrumma i bröstet. Dörren slog igen bakom honom som ett skott. Luften utanför var fuktig av regn. Men solen trängde fram genom molnslöjorna, det där ögonblicket när världen inte vet om den ska gråta eller le.

Han gick. Stegen var tunga först, sen lättare. För varje meter kändes det som om han kunde lämna skammen bakom sig, som om skulden stannade kvar i lägenheten tillsammans med Venus blick.

Han hade lovat henne. Lovat att inte dricka. Lovat att inte upprepa. Lovat att vara bättre än det han kom ifrån. Och ändå hade orden blivit knivar. Ändå hade hans röst höjts. Ändå hade han blivit honom.

Han kom till parken. Fåglarna sjöng, trots regnet. En röd fågel satt högst upp i trädet och sjöng som om inget var fel i världen. En räv smög mellan buskarna, nästan osynlig. Och doften av gräs var så intensiv att den nästan kändes som ett andetag från jorden själv.

Adam satte sig vid vattnet. Det var här han brukade andas. När världen blev för mycket. När skammen steg som vågor i honom och han inte visste var han började och var han slutade.

Han såg sin spegelbild i vattenytan. Och han viskade:

– Jag försökte hela mitt liv att inte bli som honom.

Min far. Han som kom hem med rus i blodet och ilska i kroppen. Han som krossade glas, krossade möbler. Krossade människor. Han som kallade det kärlek efteråt, med blommor och löften.

Han som slog mamma, och som slog sönder mig inuti. Adams händer skakade.

– Jag svor… jag svor att aldrig bli honom. Och ändå… här sitter jag.

Jag ropar. Jag förnedrar. Jag sårar. Och jag bär hans skugga i varje rörelse.

Han såg upp mot himlen. Den var grå, men levande.

– Vad är det i mig som inte vill förändras?

Han mindes den där kvällen. Pappans ögon, kolsvarta av raseri. Mammans händer, höjda för skydd. Han själv, liten, svag, mitt emellan, med tårar som brände och händer som inte kunde skydda någon.

– Och nu är jag stor, sa han. – Nu är jag stark.

Men är jag?

– Vad är styrka?

Att slå? Att höja rösten?

Eller att stanna kvar i det svåra och välja annorlunda?

Han lutade sig fram och la pannan mot knäna.

– Varför är det så svårt att överleva mig själv?

Varför är det så svårt att överleva min sorg?

Regnet började igen. Tyst, nästan ömsint.

Och där, mitt i smärtan, satt han kvar. En son som ville bryta en kedja.

Och det, var kanske början på något nytt.

ATT LYFTA
SIG SJÄLV

Hela dagen kände Venus en klump i halsen. Att åka hem efter jobbet var det sista hon ville. Hon hade försökt att förändra honom, få honom att hitta någon mening i livet. Men man kan inte tvinga någon att bli lycklig. Inte om de inte själva vill.

Kanske var det dags att förändra sig själv. Som hennes mamma brukade säga:

– När vi inte kan förändra människorna omkring oss, får vi förändra oss själva.

Tankarna på mamma gjorde det inte lättare.

– Jag saknar dig, mamma, viskade hon.

Adam var inte hemma. Lägenheten kändes kall och tom. Hon drog på sig träningskläder och började springa. Hon sprang bort sina rädslor. Sin ilska. Sin besvikelse. Ovissheten. Alla orättvisor hon burit på i tysthet.

VID VATTNET

– H ej! Det är Venus.

    – Hej! Allt bra?

– Tja… sådär. Men jag lever. Du då?

– Det är okej. Vad har hänt?

– Inget särskilt. Inget nytt.

– Var är du?

– Nära Sjömanskyrkan. Har sprungit hit. Tänkte sitta en stund vid vattnet.

– Vill du ha sällskap?

– Gärna.

– Ses om en kvart!

– Perfekt, Sara.

Hon satt vid vattnet, stirrade ut över havet. Hennes hår, knallrött nu, påminde henne om Leilas. Samma frisyr, samma längd. Men Leilas var svart. Hon mindes dagen Leila klippte sitt långa hår. Hon hade förändrats. Inte längre den sårbara flickan. Smärtan hade gjort henne stark. Hennes utseende speglade nu hennes kraft.

Vad hade fått Venus att klippa sitt vackra långa hår?

– Vad har hänt? frågade Sara.

– Det är Adam.

– Vad med honom?

– Han hade lovat... att aldrig göra det igen. Men tydligen betyder alkohol och droger mer för honom än jag. Jag försökte hjälpa honom. Men man kan inte hjälpa någon som inte vill hjälpa sig själv. Jag kan visa honom vägen, men i slutändan är det han som måste gå den. Jag känner att jag inte betyder något för honom längre. Det gör ont. Jag är olycklig. Ensam.

– Livet är för kort för att känna sig ensam och olycklig, svarade Sara.

Det började bli kyligt och solen gick ner. Då var det månen som visade sig. Månen speglades i vattenytan, och på ytan bildades en matta av diamanter. Det glittrade. Det var vackert. Det var harmoniskt.

Efter en stunds tystnad bröt Sara tystnaden och sa:

– Jag förstår hur det är att vara i en relation och ändå känna sig ensam.

Det har varit jobbigt för mig med separationen, men jag måste säga att jag inte ångrar mig. Jag är stolt över mig själv för att jag hade modet, tilliten, att lämna en relation som inte var bra för mig. Jag kan säga att jag försökte fixa honom. Jag försökte hjälpa honom. Men det gick inte. Man kan inte rädda någon annan. Det är faktiskt inte vår uppgift att göra det. Ingen kan leva någon annans liv. Varje människa måste själv ta ansvar för sitt.

Jag känner att jag är gladare idag. Jag känner mig mer levande, trots att jag är själv. Jag är inte i en relation, men jag känner inget behov av att vara det. Kanske är det just det, att man ska jobba med sig själv i stället för att försöka laga andra. Att jag lagar mig. Och det är ett heltidsjobb. Men jag har övat. Jag har gjort jobbet. Och jag fortsätter.

– Du har rätt, viskade Venus.

Månsken vid sjön

D et var sent. Luften var kylig men stilla. Sjön låg spegelblank
under månskenet. Månens ljus reflekterades på vattenytan
som ett tunt lager av silver, glittrande i rörelse.

Sara tog av sig kläderna långsamt, som om varje rörelse bar på en tyst
ritual. Hennes hud knottrade sig i nattkylan. När hon klev ner i sjöns
vatten drog hon in ett darrande andetag, det var som att kroppen
visste vad som väntade innan hon själv gjorde det.

Hennes bara fötter sjönk ner i den svala sandbottnen. Vattnet smög sig
uppför hennes vader, hennes knän, som kalla händer som ville känna
in hela hennes väsen. Hennes ben stramade till, huden blev till gåshud,
och lungorna höll andan som om själva världen höll andan med henne.

När vattnet nådde magen var det som om något släppte. Hon lutade
huvudet bakåt och andades ut, långsamt. En rökpelare av varm
andedräkt steg mot månen. Bröstkorgen höjde och sänkte sig stilla,
som om hennes andetag följde sjöns rytm.

Hon drog in ett djupt andetag, hela vägen ner till diafragman, och lät
kroppen falla ner under ytan.

Vattnet slöt sig om henne. Det blev tyst. Allt som hördes var hennes
hjärtslag, dovt och stadigt. Hennes hår flöt ut runt henne som en

mörk krona, och huden skimrade svagt i månens sken som bröt sig ner genom vattnet.

När hon kom upp igen såg hon Venus kliva i. Hennes rörelser var lugna. Tysta. Inget sades. De simmade en stund. Sakta, sida vid sida. Bara ljudet av vatten som bröts mot deras kroppar hördes. En uggla ropade någonstans i skogen. Sara stannade. Hon flöt stilla på rygg och stirrade upp mot månen.

– Det ser ut som en matta av diamanter, viskade hon. Vattnet. Hur det glittrar.

Venus nickade. Hon flöt också nu, med ögonen halvslutna.

– Jag gillar att det är tyst här, sa hon. Ingen som stirrar. Inga röster som säger åt en hur man ska vara.

Sara gled närmare henne.

– Jag tänker på Leila.

Venus öppnade ögonen helt och vände blicken mot Sara.

– Jag förstår.

Sara satte sig upp i vattnet. Det droppade från hennes hår ner över axlarna.

– Det är sjukt att man kan bli dömd för sitt skratt. För sitt sätt att gå. För att man syns.

– Eller för att man inte gör det, sa Venus. Det spelar ingen roll. De hittar alltid en anledning.

De tystnade. Vattnet rörde sig försiktigt runt dem.

– Jag minns vad hon sa en gång, fortsatte Sara. "Här är det ett brott att vara kvinna. Ett hot att vara vacker. En skam att vara fri.

– Hon hade rätt, sa Venus. Det är inte bara individer som gör fel. Det är hela strukturer. Normer. Regler som ingen ifrågasätter.

Sara såg på henne.

– Och ändå gjorde hon det. Hon ifrågasatte. Hon vägrade vara tyst. Det kostade henne allt.

Venus blundade.

– Jag önskar att vi kunde ha gjort mer.

Sara svarade inte. Hon såg ner i vattnet. Sin egen spegelbild. Och ovanför den, månen, lika klar som nyss. Men något inom henne hade förändrats.

Sara drog sig närmare stranden men stannade fortfarande i vattnet. Venus följde efter. De satt på huk i det grunda, med vatten upp till midjan. Fötterna vilade på mjuk sand. Månen kastade långa skuggor över ytan.

– Tror du det blir bättre någonsin? frågade Venus lågt.

Sara tittade på henne.

– Samhället?

– Ja. Allt. Hur kvinnor behandlas. Hur vi får bära skulden för det andra gör.

Sara drog händerna genom vattnet. Hon kände hur ilskan kom smygande. Inte som ett raseri, utan som en låg, brännande känsla som alltid låg där i bakgrunden.

– Det känns som att vi hela tiden måste bevisa att vi är människor. Att vi har rätt att existera som vi är.

– Som om vi måste be om lov för vår frihet, sa Venus.

– Eller betala för den.

De blev tysta igen.

– Jag saknar henne, sa Sara till slut. Leila. Hennes skratt. Hennes sätt att gå in i ett rum utan att be om ursäkt.

– Hon var orädd.

– Eller… hon var rädd, men hon gjorde det ändå.

Venus nickade.

– Det är mod. Inte frånvaron av rädsla, utan att agera trots att man är rädd.

Sara kände hur hennes ögon blev blanka, men hon blinkade bort tårarna. Hon ville inte gråta. Inte här. Inte nu.

– Hon hade alltid så mycket kraft, fortsatte Sara. Och ändå var hon bara en flicka. En människa.

Sara andades långsamt in. Det doftade fuktig skog och rök från något avlägset bål.

– Jag tänker på hur många det finns som henne. Som aldrig får sin historia berättad.

– Vi måste berätta dem, sa Venus. Vi måste minnas. Annars händer det igen.

Sara nickade. Hon reste sig långsamt ur vattnet. Droppar föll från hennes kropp och månskenet ritade linjer över hennes hud.

– Kom, sa hon. Det börjar bli kallt.

De gick upp ur sjön. Barfota, med kläderna i händerna, i tyst samförstånd.

Låt henne vara

L eila hörde rösten innan hon såg vad som hände. Den dova, sluddrande rösten från rummet bredvid. Ett vinflaskekork som öppnades. Ett glas som välte. Hon gick tyst genom korridoren, barfota. Golvet var kallt mot fötterna. Hon visste redan. Hon visste vad som höll på att hända.

Hon öppnade dörren. Där var han. Över henne. Den lilla flickan låg ihopkrupen. Hennes händer täckte ansiktet. Han hade dragit av henne tröjan. Hans hand låg på hennes mage.

Leila tvekade inte.

– Låt henne vara, din jävel!

Han vände sig snabbt. Ögonen röda. Alkoholen stank från hans andedräkt.

– Det angår inte dig. Lägg dig inte i, skrek han.

Leila gick rakt in. Hon tog vinflaskan från bordet och slog den i golvet. Glaset exploderade. Hon lyfte en stol och sparkade den mot honom.

– LÅT HENNE VARA! SA JAG!

Han reste sig upp och sprang mot henne. Hennes kropp reagerade före hjärnan. Hon duckade, slog tillbaka med den trasiga flaskan i handen. Ett jack öppnades över hans kind. Flickan hade flytt in i hörnet. Hon skakade. Leila stod kvar. Hennes vita linne var fläckat av blod, men hon rörde sig inte. Hon andades tungt.

– Du rör henne inte. Aldrig mer.

Han backade. Han sa ingenting mer. Det fanns något i hennes ögon som han inte kunde möta.

Nu kom Sara in i rummet. Hon stelnade. Scenen var kaotisk. Blod på golvet. En trasig stol. Den lilla flickan i ett hörn. Leila, mitt i allt, med trasig flaska i handen.

– Rör på dig, Sara! Vi sticker härifrån.

Sara hjälpte flickan upp. De gick. Inga ord behövdes.

Ut. Ut från mörkret. Från stanken. Från våldet.

Under jorden

Tunnelbanevagnen skakade lätt när den rullade fram i mörkret. Ljuset från lysrören flimrade svagt. De tre satt på en rad, Leila längst ut, Sara i mitten, flickan lutad mot Saras axel.

Ingen sa något. Leilas blick var fäst på väggen mittemot, men hon såg inte. Hon såg fortfarande rummet. Golvet. Blodet. Ögonen. Sara höll flickans hand. Hon visste inte vad hon skulle säga. Det fanns inget att säga. Bara närvaro.

Flickan hade somnat. Andningen var ytlig. Hon höll sig fast i Saras jacka, som om hon inte ville släppa taget om verkligheten. Leila tittade runt i vagnen. Nästan alla var upptagna med sina mobiler. Några sov. Ingen verkade lägga märke till dem.

– Ser du det? viskade Leila. Alla är tysta. Ingen ser något. Ingen hör. Man kan dö i tystnad här.

Sara svarade inte. Hon visste att Leila hade rätt. Tystnaden kunde kväva en.

Leila drog jackan tätare omkring sig. Hon satt upprätt, men hela kroppen var spänd. Beredd.

– Vad ska vi göra nu? frågade Sara till slut, tyst.

– Jag hittar oss en lägenhet, sa Leila. Vi stannar där tills vi får hjälp att ta oss till Paris.

Sara nickade. Hon såg ut genom fönstret, men mörkret där ute speglade bara hennes eget ansikte.

– Tror du vi klarar det?

Leila svarade utan att tveka.

– Vi har inget val. Så ja. Vi klarar det.

Tunnelbanan hade stannat. Folk gick av och på. Men Sara, Leila och flickan satt kvar. Fortfarande tysta. Efter en stund rörde sig flickan. Hon lyfte huvudet långsamt från Saras axel. Ögonen var svullna och rödsprängda. Hon såg sig omkring, som om hon inte riktigt förstod var hon var.

– Hej, viskade Sara försiktigt. Du är trygg nu. Det är över.

Flickan sa inget först. Hon bara stirrade på Sara, länge. Som om hon behövde läsa av henne innan hon vågade lita på det.

– Vad heter du? frågade Sara.

– Negin, svarade flickan tyst. Rösten var raspig. Som om den inte använts på länge.

– Negin… Det är ett vackert namn.

Negin tittade ner på sina händer. Hon bet sig i läppen.

– Hur gammal är du? frågade Sara mjukt.

– Sexton.

– Är du ensam?

Hon nickade. – Jag är på väg till Tyskland. Min moster bor där. Hon skulle möta mig vid gränsen. Men jag fastnade här. Jag… visste inte vart jag skulle ta vägen.

Sara lade en hand på hennes axel. – Du behöver inte förklara. Du är med oss nu. Vi hjälper dig.

Negin såg på henne igen. Ögonen var fyllda av något mellan misstro och hopp.

– Varför hjälper ni mig?

– För att ingen hjälpte oss när vi var i din situation, sa Leila plötsligt. Hennes röst var stadig. – Och för att du förtjänar att bli behandlad som en människa.

Negin sa inget mer. Hon bara nickade och lutade sig åter mot Saras axel. Den här gången med mindre spänning i kroppen.

Sara strök försiktigt håret från hennes ansikte. Det var smutsigt och tovigt. Hon tänkte inte på det. Hon tänkte bara på hur liten Negin såg ut. Sexton, men ögonen bar något äldre.

Bakırköy

S taden var överväldigande. Ljud. Färger. Rop. Människor rörde
sig i alla riktningar, bilar tutade, barn sprang mellan stånden.
Luften var tung av grillad kött, söt rök från kastanjeförsäljare och
något kryddigt som stack i näsan. De gick genom Grand Bazaar. Sara
höll Negin i handen. Hon höll sig nära. Leila gick framför, snabb,
målmedveten.

Guldfärgade smycken glittrade bakom glas. Katter låg vid
restaurangdörrar. Säljare ropade efter turister med påträngande
röster. En man erbjöd parfym, en annan försökte sälja sjalar. Sara
försökte fokusera, men det var svårt. Allt hände samtidigt.

Negin såg sig omkring med stora ögon. Hon sa inget. Men Sara
märkte hur hon kramade handen hårdare varje gång någon kom för
nära.

Till slut stannade Leila framför ett litet kontor. En handmålad skylt
över dörren: "Emlak – Lägenheter uthyres."

De gick in. En man i fyrtioårsåldern satt bakom ett litet skrivbord.
Grå mustasch. Guldarmband. Ett halvfullt teglas framför sig.

– Merhaba, sa Leila med självsäker röst.

Sara och Negin slog sig ner. Mannen log, artigt men avvaktande.

– Fyrahundra euro per månad, sa han efter en stund.

Leila skrattade till.

– Du skämtar. Lägenheten är sliten. Ingen kommer betala så mycket.

Han ryckte på axlarna. – Istanbul är dyrt.

– Jag ger dig sexhundra lira. Inget mer.

Han skrattade tillbaka. – Då får du dela med kackerlackorna.

Leila böjde sig fram över bordet. Hennes röst var låg, men tydlig.

– Det finns tre av oss. Vi ska inte bo länge. Betalar kontant. Du behöver inga papper. Ingen kommer fråga något.

Han såg på henne länge. Sedan drack han upp sitt te, långsamt.

– Okej. Sexhundra lira. Endast denna månad.

Leila log för första gången på länge.

Rummet

L ägenheten låg i Bakırköy. En sliten port, trappor utan hiss. Doft av fukt och rök i trapphuset. Leila låste upp. Rummet var litet. En gammal soffa. Ett bord. En madrass i hörnet. Vita gardiner som gulnat av tid. Mattan var smutsig. Sara gick in först. Hon såg sig omkring.

– Det duger.

Negin satte sig tyst på madrassen. Hon sa inget, men hennes axlar var avslappnade. Leila ställde ner väskan.

– Vi stannar här tills vi får kontakt med din moster, sa hon till Negin. Sen ska vi hitta ett sätt att ta dig till Tyskland.

– Tack, viskade Negin. – Jag vet inte vad jag hade gjort utan er.

Leila satte sig bredvid henne.

– Du behöver inte tacka. Bara lova att du inte ger upp.

Negin nickade långsamt.

Kvällsluften

Fönstret stod på glänt. En svag bris smög in från bakgården och fick gardinen att röra sig långsamt. Utanför hördes avlägsna ljud, ett barn som grät, någon som skrattade, en tv på låg volym.

Rummet var enkelt men varmt. På bordet stod ett ljus som Leila tänt. Ljuslågan fladdrade varje gång vinden rörde vid gardinen. Sara satt med benen uppdragna i soffan, en filt runt axlarna. Leila hade öppnat en vinflaska de hittat i ett litet gatukök och hällt upp i två gamla glas.

– Det här är antagligen det billigaste vinet i hela Istanbul, sa Leila och räckte ett glas till Sara.

– Då passar det oss perfekt, sa Sara och log trött.

De skålade tyst. Bara en lätt klang.

Negin satt på madrassen i hörnet. Hon hade fått låna en tröja av Sara. Hon åt ett äpple långsamt, med små tuggor. Hennes blick var lugnare nu. Hon följde deras samtal men sa inte mycket.

Leila lutade sig tillbaka, tog en klunk och andades ut.

– Det känns konstigt att det är tyst. Ingen som skriker. Inga dörrar som smäller.

– Jag vet, sa Sara. Det är som om man måste vänja sig vid trygghet igen. Liksom… lära om.

De satt en stund i tystnad. Ingen av dem kände behov av att fylla den.

Sara tittade på Leila.

– Tänker du någonsin på hur vi hamnade här?

Leila drog ett finger runt kanten på sitt glas.

– Hela tiden.

– Skulle du göra om det?

Leila såg mot fönstret. Ljuset från gården föll in i rummet som ett mönster över golvet.

– Jag vet inte. Men jag vet att jag inte kunde stanna där jag var.

Sara nickade. Hon förstod.

Negin reste sig plötsligt och gick mot fönstret. Hon stod där en stund, tittade ut.

– Min moster har tre barn, sa hon tyst. Hon sa att jag kan gå i skolan där.

Sara såg på henne.

– Det låter som en dröm värd att kämpa för.

– Jag hoppas att hon fortfarande väntar på mig.

– Hon väntar, sa Leila. Det gör de som älskar oss. De väntar.

Negin log svagt, nästan osynligt.

De tre kvinnorna satt där, en flicka, en vän, en krigare, i ett rum som knappt höll ihop, men som för stunden kändes som ett hem.

Apelsiner och vågor

F laskan var halvfull. Ljuslågan dansade långsamt på bordet. Sara
låg halvt ner i soffan med glaset i handen. Leila satt på golvet
med ryggen mot väggen. Negin hade somnat, inlindad i en filt på
madrassen. Hennes andning var jämn. Sara tog en klunk vin, log lite
för sig själv och sa:

– Minns du den där kvällen i Shomal? När vi körde mot havet?

Leila såg upp. Leendet kom direkt, som ett svar kroppen mindes före
orden.

– Åh… ja. Jag minns. Det var sent. Och vi bara körde.

– Vi hade ingenting planerat, sa Sara. Vi bara sa: "Ska vi dra till
havet?"

– Och sen var vi där. Med den gamla bilen. Minns du ljudet från
motorn? Den hostade hela vägen dit.

– Men den tog oss fram, sa Sara. – Och vi stannade där vid stranden.
Det var nästan helt mörkt, men vågorna… Gud, vad vackert det var.

Leila nickade långsamt.

– Kommer du ihåg elden? sa Leila och log svagt. – Hur lågorna dansade så mjukt… de bara rörde sig, som om de andades.

– Ja, sa Sara. Och hur det sprakade. Små knäppningar, som viskningar från veden.

– Vi satt så nära att vi kände värmen mot kinden. Och röken… den steg rakt upp, ringlade sig långsamt som om den också ville titta på stjärnorna.

– Just det. Stjärnorna, Leila. Det fanns så många. Det kändes som om himlen var levande. Inte en enda blinkade, de bara stirrade ner på oss.

– Och havet, sa Leila. Vågorna var tunga den kvällen. De slog mot stenarna med ett dovt ljud… som hjärtslag. Bom… bom… bom…

– Som om jorden själv låg där och andades med oss, sa Sara. Och varje gång det kom ett stänk från vattnet… det lät nästan som ett skratt. Ett plötsligt andetag mitt i allt stilla.

– Vi sa nästan ingenting, minns du det? sa Leila. Bara satt där. Jag tror vi lyssnade mer på tystnaden än på orden.

– Du spelade lite på gitarren, viskade Sara. Strängarna darrade, nästan som om de inte vågade låta för högt.

– Och elden svarade. Det var som att de talade med varandra. Gitarren, vågorna, elden… och vi bara satt där mitt i allt.

– Tills himlen började skifta färg, sa Sara och såg upp. Från svart till blått, till rosa, till guld… som om himlen vaknade långsamt.

– Ja. Först bara ett tunt, försiktigt ljus. Sen hela himlen. Jag minns att du log då, Sara.

– Och du höll om knäna, och sa att det var det vackraste du någonsin sett, sa Sara och log tillbaka.

– Minns du fiskarna?

Leila skrattade lågt. – Ja! En hel flock simmade förbi. De hoppade upp ur vattnet, glittrande i solen. Som om de också firade att det blev morgon.

De tystnade ett ögonblick. Vinets sötma låg kvar i munnen. Värmen i minnet bredde ut sig i kroppen.

– Och sen… apelsinerna, sa Sara och började skratta redan innan hon hunnit avsluta meningen.

Leila satte i halsen av skratt. – Herregud! Ja!

– Vi såg det där lilla apelsinträdet precis innan vi skulle åka hem. Du sa: "Vi tar bara några. Ingen märker nåt."

– Jag fick ner hur många som helst i min t-shirt. Höll dem som ett knyte!

– Men så kom ägaren, sa Sara och skrattade ännu högre. – Du försökte hoppa ner för slänten, men du halkade. På apelsinerna!

Leila vred sig av skratt. – Jag gled ner hela backen! Jag låg på rygg och apelsinerna bara flög åt alla håll!

– Och jag tog dina ben och drog dig mot bilen. Jag minns hur vi gasade iväg medan du låg i baksätet och kved av skratt och blåmärken.

– Vi var livrädda, sa Leila och blev lite allvarligare. – Det var ändå tidigt på morgonen. Helt ensligt. Man vet aldrig vad som kan hända.

– Vi skrattade, men vi var rädda, sa Sara tyst. – Rädda för att bli påkomna. För vad män kunde göra. För att vi var kvinnor, ensamma, i ett samhälle där man aldrig kände sig riktigt trygg.

Leila nickade. – Men vi klarade oss.

– Och när vi kom hem… vi åt alla apelsiner.

– Vi skrattade åt den kvällen i flera dagar.

De skrattade nu också. Inte så högt, för att inte väcka Negin. Men det var äkta. Ett ögonblick av lätthet i en värld som oftast varit tung.

En ny dag

Ljus sipprade in mellan gardinerna. Istanbul vaknade långsamt med sina vanliga ljud: hundskall i gränden, en röst som ropade från ett bageri, en bilmotor som startade.

Sara satt vid fönstret med en kopp te i handen. Leila låg fortfarande i soffan, insvept i filten. Negin stod vid diskhon och tvättade sin tröja för hand. Hennes rörelser var metodiska, nästan meditativa.

– Jag har en kusin i Izmir, sa Negin plötsligt.

Sara vände blicken mot henne.

– Han känner en man. En sån som hjälper folk vidare.

Leila öppnade ögonen. – En smugglarled?

Negin nickade. – Han heter Samir. Han har hjälpt flera från vår stad att ta sig till Europa. Min moster i Tyskland känner till honom. Han är dyr, men pålitlig. Hon sa att om jag kontaktar honom, så hjälper han mig.

Sara ställde ner koppen. – Vad säger din moster nu?

– Hon väntar. Hon har fixat papper till mig. Men jag måste ut från Turkiet. Samir vet hur.

Leila satte sig upp. – Hur kontaktar man honom?

– Jag har ett nummer. Jag tänkte ringa idag.

Ingen sa något på en stund. Det låg ett annat slags tyngd i rummet nu, inte rädsla, men beslut.

– Om han är pålitlig, kanske han kan hjälpa oss också, sa Sara.

Leila såg på henne.

– Kanske.

Samir

Negin satt på sängkanten med telefonen i handen. Hon hade bytt till rena kläder. Håret var uppsatt i en slarvig knut. Hon stirrade på skärmen en stund innan hon tryckte på samtalsknappen. Sara och Leila satt tysta bredvid. Luften i rummet var spänd, som om alla höll andan.

– Alo? hördes en mansröst i andra änden. Mörk, kort i tonen.

– Salam Samir agha. Det är Negin. Fatemehs brorsdotter. Hon sa att jag skulle ringa dig.

Tystnad. Sedan:

– Aha. Från Rasht? Du ska till Tyskland?

– Ja. Jag är i Istanbul nu.

– Pass?

– Min moster har skickat ett dokument. Jag har det digitalt.

– Bra. Du ska till Edirne. Därifrån ordnar jag.

– Och mina vänner? Två kvinnor.

Tystnad igen. Samir verkade väga sina ord.

– Vart ska de?

– De vill till England. Men kanske Paris först.

– Svårt. Mycket kontroller. Båtar från Frankrike är inte säkra. Men möjligt.

– Kan du hjälpa dem?

– Möjligt. Men det kostar.

Leila tog telefonen från Negin.

– Hur mycket?

– För flickan – 1000 euro. För er... 1500 var.

– Vi har inte det.

– Då får ni stanna kvar. Jag är inte FN. Han skrattade. Det var ett kallt skratt. Inte elakt, men tomt.

Leila tryckte av samtalet utan att säga mer.

De satt tysta en stund. Negin stirrade ner i golvet. Sara såg ut genom fönstret.

– Det var väntat, sa Leila till slut. – Men vi måste försöka.

– Vi kan samla pengar, sa Sara. – Kanske hjälpa någon med städning, jobba i kök...

– Tiden är knapp, avbröt Leila. – Om Negin får åka nu, måste vi bestämma oss. Vi kan inte stanna länge. Det är för farligt.

Negin såg upp. – Jag vill inte lämna er.

– Du måste, sa Sara. – Det är din chans. Din moster väntar.

Negin torkade tårarna som började tränga fram. – Ni har räddat mig. Jag kommer aldrig glömma det.

– Vi ses igen, sa Leila. – I en annan stad. Ett annat liv.

Tidigt på morgonen knackade det på dörren. Tre korta, bestämda slag. Ingen sa något. De visste att det var Samirs man. Negin reste sig sakta. Hon bar Saras jacka, en tygväska på ryggen och ett tomt uttryck i ansiktet. Men händerna darrade.

Sara öppnade dörren. En smal man i mörk jacka och keps stod där. Han sa bara:

– Kom.

Negin vände sig om. Hon tittade på Leila först, sedan Sara. Hon försökte säga något men tårarna kom före orden. Sara tog henne i famnen.

– Du klarar det, viskade hon. – Du ska till ett bättre liv nu.

Leila kramade henne snabbt men hårt. – Glöm aldrig vem du är, Negin. Du är stark. Du är fri.

Negin nickade. Hon drog upp jackan, tog ett djupt andetag och gick. Dörren stängdes. Tystnad. Sara satte sig på sängen. Leila gick fram till fönstret och tittade ut. Hon såg bilen köra iväg. Den försvann runt hörnet.

– En borta, sa hon lågt. – Två kvar.

Pengarna hade varit ett hinder. Ett stort, kallt hinder som hängt över dem som en skugga.Men Sara sålde sin guldring, den enda hon hade kvar från sin mamma. Leila tog kontakt med en kvinna hon litat på en gång. Kvinnan skickade en summa, utan att ställa frågor.

De räknade, delade, samlade ihop. Det räckte precis. Inget över. Inget under.

Två dagar senare var de på väg.

Inget bagage. Bara små ryggsäckar, filtar, några vattenflaskor och smörgåsar. Samirs kontakt hade fört dem till en plats nära gränsen. Där började vandringen. Skogen var tyst. Bara ljudet av grenar som knäcktes under fötterna och vinden som rörde träden.

De gick i timmar. Genom kyla, fukt, dimma. Inget ljus. Inga ord. De hade sällskap av tre andra: två unga män från Afghanistan och en kvinna från Eritrea. Inga namn utbyttes. Bara blickar.

Nätterna var kalla. De sov under plastduk, tätt intill varandra. Ibland hörde de hundar på avstånd. Då höll de andan. Ingen frågade hur långt det var kvar. Ingen ville veta. Efter fem dagar nådde de en by. Där väntade en gammal skåpbil. Den körde dem till ett skjul utanför Paris. Där stannade de i två dagar, i väntan på båten. Leila satt vid väggen, benen uppdragna. Hennes ansikte var blekt.

– Tror du vi klarar det? frågade Sara.

Leila svarade inte direkt. Hon såg på henne länge. Sedan sa hon:

– Jag måste tro det. Annars går jag sönder.

Adam

N är Venus klev in genom dörren möttes hon av en doft, söt, djup, omöjlig att ignorera. Hon stannade till i hallen. Något i luften var annorlunda. Hon tog ett steg till, sedan ett till. Och där, på bordet i köket, stod en vas fylld med stora, knallröda rosor. Precis sådana hon älskade. Tunga, öppna rosor med sammetslena blad. De såg nästan levande ut, som om de andades. Bredvid vasen låg ett brev. Handskrivet. Hennes namn. Hon öppnade det med försiktiga fingrar.

Hej min kärlek,

Jag är ledsen.

Jag vet att det jag gjorde var fel.

Jag vill inte gömma mig längre. Jag vill förändras.

Jag har bestämt mig för att gå 12-stegsprogrammet.

Jag älskar dig. Jag vill inte förlora dig.

Snälla, ge mig en chans att visa att jag värdesätter dig, oss.

Middag är på mig.

Möt mig på din favoritrestaurang. Den italienska.

/Adam

Hon stod där länge med brevet i handen. Ögonen fylldes långsamt av tårar. Inte stora, men stilla. Som en lätt regnskur efter en het dag. Hon såg på rosorna igen, andades in doften. Något i henne brast. Och samtidigt något som höll.

Hon gick in i badrummet, vred på duschen. Lät vattnet skölja bort dagen, rädslan, sorgen. Hon tvättade sig långsamt, som om varje rörelse var ett beslut.

Sedan öppnade hon garderoben. Fingrarna gled över tygerna. Till slut fastnade hon för den röda klänningen. Den som satt mjukt över höfterna och rörde sig med kroppen. Hon valde svarta sandaler med remmar, enkel makeup, ett svagt rött läppstift. Hon såg sig i spegeln. Och nickade, för sig själv.

Restaurangen var redan halvfull när hon kom. Ljusen var dämpade, sorlet låg som en matta över rummet. Där, vid fönstret, satt han. Adam. Rak i ryggen. Blicken genast vänd mot henne.

Han reste sig när han såg henne. Höll ut stolen.

– Du kom, sa han tyst.

– Ja, svarade hon. Jag kom.

Risotton kom in på en varm tallrik, ångande och gyllengul. Doften av saffran steg mot henne direkt, blommig, djup, nästan berusande. Bitar av mjuk lax låg inbäddade i den krämiga rätten, och ovanpå smälte flagor av parmesan långsamt mot värmen. Hon ringlade försiktigt över några droppar olivolja, strödde lite extra salt och nymalen svartpeppar, precis som hon alltid brukade.

Hon förde skeden till munnen. Första tuggan var som att tiden stannade. Smakerna exploderade, saffranets sötma, laxens sälta, parmesans umami. Den lena, nästan smöriga konsistensen fick henne att sluta ögonen för en sekund. Hon tog en till tugga. Sedan en till. En värme spred sig inifrån, som något välbekant, något tryggt. Som att komma hem.

När tallriken nästan var tom, vinkade hon in servitören.

– Tiramisu, sa hon med ett litet leende. Och rött te, tack.

När desserten kom, doftade hon först på teet. Det var djupt och jordigt, med en aning söt kryddighet. Ångan smekte hennes ansikte. Tiramisu-tårtan var lätt och luftig, med ett täcke av kakao ovanpå mascarponen. Hon lät skeden sjunka genom lagren av kaffeindränkt savoiardi. Förde den till munnen. Det var som barndom, fest och förälskelse i samma tugga.

Han berättade om programmet. Om de tolv stegen. Om ärlighet, ansvar, förlåtelse.

– Det är inte bara för att sluta dricka, sa han. Det handlar om att bli människa igen. Att stå för det man gjort. Att sluta fly.

Hon lyssnade. Och när han var tyst, sa hon:

– Jag älskar dig också. Och jag vill inte förlora dig heller.

Hon höll hans hand över bordet. – Jag hoppas du klarar det här. För dig. För oss.

Efter middagen tog de en promenad. Gatorna var fuktiga efter kvällsregnet, men luften var varm. De sa inte mycket. Det behövdes inte. Hemma i lägenheten var det mörkt. Bara ett svagt ljus från köket. Han stod bakom henne, la händerna om hennes midja. Hon lutade sig tillbaka mot honom.

– Får jag kyssa dig? viskade han.

Hon vände sig långsamt om. Svarade inte. Lät sina läppar möta hans. Det var inget hastigt, inget hetsigt. Bara långsamt, nära, varsamt. Som att de återupptäckte varandra. Hennes händer vilade mot hans nacke. Hans fingrar drog längs hennes rygg. De rörde sig tillsammans mot sovrummet, som om stegen visste vägen. Kläder föll. Hud mot hud. Andetag blandades. Inget behövde förklaras.

De älskade, långsamt och mjukt. Som två människor som försökte hitta hem i varandra igen.

Båten

Det var kallt den natten. Luften var rå. Alla visste vad som väntade, men ingen sa det högt. De fick order att vara tysta. De var 34 personer. Män, kvinnor och barn. Alla stod packade på en lerig stig utanför Calais. Det luktade fukt, plast och mänsklig rädsla. En man visade med en ficklampa, de skulle följa honom genom skogen.

Ingen pratade. Stegen var tunga, men snabba. De hade fått veta att de måste hinna till båten innan gryningen.

Sara och Leila höll varandras händer. Leilas andning var kort. Sara försökte fokusera på varje steg. De kom till stranden vid fyra på morgonen. Himlen var mörk, men vid horisonten syntes ljuset från Dover, på det brittiska fastlandet.

En uppblåsbar gummibåt låg halvt uppdragen på stranden. Den såg ut som något barn kunde leka med. För liten. För skör. För farlig.

Människosmugglarna skrek:

– In! In snabbt! Alla!

De fick inte tänka. Bara lyda.

Några män bar spädbarn i filtar. En kvinna bar på sin son som hade ett brutet ben. En annan var gravid i åttonde månaden.

Sara klev i med Leila tätt bakom. Båten sjönk en aning under vikten. Folk satt tätt intill varandra, knä mot knä. Ingen flytväst. Ingen motorutbildad förare. Endast en liten utombordare längst bak, och en man som aldrig ens kört båt på öppet hav.

– Vi klarar det här, viskade Leila.

Sara svarade inte. Hon vågade inte ljuga. En timme senare, de var mitt i Engelska kanalen. Vågorna slog mot båten. Många började kräkas. Några grät. Båten hade börjat ta in vatten. Motorn hostade.

– Vi måste ösa! ÖS!

Folk använde tomma flaskor, skålar, till och med händer. Havsvattnet var iskallt. Barn frös. En man började hyperventilera.

Vågorna växte. En stor våg slog in från sidan. Båten lutade. En pojke föll överbord. Hans mamma skrek. Någon försökte greppa honom, för sent.

– Håll i er! ropade någon. – Sitt stilla!

En ny våg.

Två personer till föll i.

Panik spred sig. Någon reste sig, vilket fick båten att tippa ännu mer. En skräckvåg gick genom hela båten. Nu grät alla. Någon bad. Någon skrek på sitt språk. Någon försökte hoppa i själv, hellre simma än vänta på döden.

Båten lutade farligt. Någon skrek. Någon reste sig. Någon föll. Och sedan, ett ryck. Ett skrik. Ett kallt andetag. Vatten.Kallt. Svart. Oändligt.

Kroppar pressades mot varandra. Någon slog med armarna, någon klamrade sig fast vid ett rep, någon sjönk.

– LEILA! skrek Sara, men hennes röst drunknade i vågornas dån.

Hon sparkade sig upp till ytan. Ögonen sved av salt. Hon snurrade runt. Letade. Vatten överallt. Ansikten överallt, förvridna, skrikande, borta.

– LEILA! HÖR DU MIG?!

Ett plask till vänster. En arm som försvann. Någon som sjönk med öppna ögon.

Sara simmade. Vilt. Hjärtat dunkade i halsen. Hon letade i mörkret, med händerna, med själen. Men Leila var inte där.

En evighet senare, ljus. En båt. Ropen från räddningspersonal. En stege. Händer som drog i hennes armar. Hon kom upp. Hon frös. Hon skakade.

– Min vän! skrek hon. – Min vän är där ute!

Men havet svarade inte.

Solen låg lågt över kajen. Kylig vind. Doft av salt, av brända motorer, av död. De hade radat upp kroppar i filtar. Några barn. Några unga män. Någon kvinna med händerna knäppta som i bön. Sara gick längs raden. Steg för steg. Hennes fötter ville inte röra sig, men kroppen bar henne ändå.

Och där. En kropp. Tätt svept i grå filt. Svart hår som smetade mot kinden. Ett halvt armband kvar runt handleden. Sara föll ner på knä.

Hennes händer skakade. Hon strök undan filten, långsamt, som om tiden kunde hindra det oundvikliga.

– Nej… viskade hon. – Nej, nej, nej…

Hon tryckte ansiktet mot Leilas bröst. Skakade. Skrek. Som om rösten kunde väcka henne.

– Du lovade… du lovade att vi skulle vara tillsammans. Du lovade, Leila!

Tårarna tog aldrig slut. Smärtan var för stor för att få plats i kroppen. Hon satt kvar där, på den kalla asfalten, med armarna runt det som var kvar. Och världen rörde sig, men hon satt still.

vattenfallet

Vattnet var stilla, nästan spegelblankt. Månen låg som ett ljusklot ovanför trädtopparna. Sara och Venus hade klivit i sjön tysta, nakna, utan att säga så mycket. Deras kläder låg i en hög på en platt sten. Det var svalt men inte kallt. Hud mot vatten. Ett lugn som lade sig över dem. De simmade långsamt, i takt med andetagen.

Sara låg på rygg och tittade upp mot himlen.Plötsligt kom det. En bild. Ett minne. Ett annat vatten. En annan plats. Leilas skratt. Hur hon brukade dyka under och dra i Saras ben. Hur de brukade tävla om vem som kunde hålla andan längst. Ett skratt som plötsligt blev till ett surr i bröstet.Sara blundade. Vände sig bort. En tår rann ner längs kinden och blandades med sjövatten.

Venus märkte det.

– Vad hände? frågade hon lågmält.

Sara svalde. Vände sig om och simmade långsamt tillbaka mot strandkanten.

Venus följde efter. De satte sig på stenarna, med vatten upp till höfterna.

– Det är… ett minne, sa Sara. – Från ett annat bad. Med någon som inte finns längre.

Venus var tyst. Hon väntade.

Sara såg ut över sjön. Sedan sa hon:

–Vi reste tillsammans. Från Turkiet, genom Europa. Vi skulle till London. Det var vår plan. Hon pausade. Vatten droppade från hennes haka.

– Men på vägen... vi fastnade i Paris. Vi blev tvungna att ta oss över Engelska kanalen med båt. En sån där gummibåt som de använder för smuggelresor.

Venus stirrade rakt fram.

– Var det bara ni två?

– Nej. Vi var över trettio. Kvinnor, barn, hela familjer. Det var mitt i natten. Båten tog in vatten. Folk föll i. Jag försökte hålla fast Leila, men hon... hon försvann.

Venus slöt ögonen. Sa inget.

Sara fortsatte:

– Jag blev räddad av franska kustbevakningen. Flera dog. Flera saknas än idag. Jag hamnade i Paris igen. Och efter det... jag visste inte vad jag skulle göra.

London var inte möjligt längre. Allt där påminde mig om henne. Så jag vände om. Jag sökte asyl i Sverige.

– Och nu är du här, viskade Venus.

– Nu är jag här, upprepade Sara.

De satt tysta. Två kvinnor. Två kroppar i vatten. Två historier. Och ett förlorat liv som fortfarande fanns mellan dem.

De satt på en flat klippa, nära Sälens själ, Sveriges högsta vattenfall. Vattnet kastade sig ner från höjden som om jorden själv suckade ut år av tystnad. Dimman från fallet dansade i vinden, svepte över deras ansikten som mjuka händer från naturen själv. Det luktade friskt, av mossa, sten, gran och något annat… något helande.

Runt dem bredde fjället ut sig som en skyddande famn. De gröna sluttningarna vilade i stillhet, men himlen levde, blå, djup, andandes. Ett par fåglar gled i luften ovanför, som om de också stannat upp för att lyssna.

Sara satt med benen i kors, tyst ett ögonblick, med vinden lekande i hennes långa lockiga hår. Det glänste mörkt i ljuset, som flytande kastanj, rörde sig med en själ av sitt eget. Hon hade bruna ögon, djupa, varma, nästan sorgsna ibland, men nu, nu bar de på ett lugn. En blick som hade sett för mycket, men fortfarande vågade se.

Bredvid henne satt Venus. Kortare, lite mer rastlös i kroppen, men stark. Hon hade rakat håret kort i nacken, rött som eld, som revolt, som frihet. Ögonen var gröna, inte bara till färgen, utan i känslan, i livet. De lyste av nyfikenhet, av hunger efter mer, mer sanning, mer liv, mer frihet.

Deras jackor låg hopvikta bredvid dem. Fjällvinden smekte deras armar, men de frös inte. De andades.

– Vet du, sa Venus plötsligt, utan att vända sig om, –ibland känns det som om vi är en del av berget. Som om vi inte flytt, utan kommit hem.

Sara log svagt. Inte med läpparna, med hela kroppen.

– Ja, viskade hon. Här säger ingen åt mig att vara tyst. Här får jag bara... vara.

Vattnet brusade vidare nedanför dem. Orden försvann där, men betydelsen stannade kvar i luften. Två kvinnor. Två rörelser. Två blickar som visste vad kamp betydde. Men där och då, vid fallets kant, vilade de. Inte i flykt. I frihet.

Sara

Sara vaknade i sin nya lägenhet. Morgonljuset föll mjukt över golvet. Det första hon såg var den lilla katten, en perser som hon hämtade hem igår. Orange päls som brann i ljuset, med fyra vita tassar som såg ut som små sockor. Bröstet var kritvitt, och ansiktet fluffigt och runt som en boll. Han satt en bit bort, betraktade henne med stora, vaksamma ögon. Bestämd i sitt sätt, ännu inte redo att komma nära. Och det var okej. Hon såg honom, precis som han var, och hon tänkte inte tvinga något. Han skulle få ta sin tid. Det här var hans hem nu.

Hon drog på sig sin turkosblå morgonrock, satte upp sitt lockiga hår i en lös knut och gick ut till köket. Tog ett stort glas vatten. Satte sig vid bordet. Där satt hon, tyst, med blicken genom fönstret. Hon lät tacksamheten skölja genom kroppen som varm mjölk. Tacksam för lägenheten. För modet att lämna en relation som sårade. För regnet som smattrade mot rutan, som popcorn i en panna. För doften av nybryggt kaffe som fyllde rummet. För vårluften. För fåglarna som kvittrade i trädet utanför.

Hon gjorde ingenting. Inget scrollande. Inga tankeflykter. Bara satt där, med båda händerna runt kaffekoppen. Kände värmen. Kände friden.

Men så gled blicken ner mot magen.

Hon la handen där. Lät den vila.

Tårar fyllde ögonen utan förvarning.

– Jag kan inte, viskade hon.

Hennes röst var svag, nästan inte där.

– Jag önskar att jag kunde, men jag kan inte.

Hon pratade tyst, till det lilla livet inom henne. Två veckor, hade sjuksköterskan sagt. Två veckor av en tyst hemlighet. Två veckor med ett frö som nu skulle lämna henne.

– Jag är ledsen, sa hon. – Jag är så ledsen att jag inte kan ge dig det du förtjänar.

Hon strök handen över magen med en varsamhet som gjorde ont.

– Det vore själviskt av mig att ta dig hit, när jag vet att jag inte är redo. Jag har inte gjort jobbet ännu. Jag har bara börjat. Jag är trasig. Jag är rädd. Jag är inte där än. Och du förtjänar mer än så.

Hon svalde hårt.

– Vissa skaffar barn för att hitta mening. Men jag har redan hittat meningen, i det enkla. I regnet. I kaffet. I tystnaden. Jag vill inte ha ett barn för att fylla ett tomrum. Jag vill ha ett barn när jag vet att jag kan hålla dig trygg. När jag är hel.

Hon torkade kinderna med morgonrockens ärm. Katten satt kvar i hörnet och blinkade långsamt mot henne. Imorgon var dagen. Då skulle allt ta slut. Hon visste det. Men just nu, i stillheten, ville hon bara säga det högt:

– Jag älskar dig. Och jag är ledsen att jag inte kan välja dig.

Hon gick långsamt genom den sterila korridoren. Ljuset från lysrören var kallt, nästan blått. Receptionen låg precis framme vid glasväggen. Hon anmälde sig med låg röst. Kvinnan bakom disken nickade vänligt och pekade.

– Väntrummet, till höger.

Hon satte sig i det tysta rummet, på en stol som kändes för hård för att vara tröstande. Väggarna var målade i blekt pastell. På väggen framför henne hängde en tavla. Tre små bebisar låg invirade i filtar, rosa, blå, grön, med stora ögon och runda kinder. De såg nästan overkliga ut. Som målade av någon som aldrig känt förlust.

Det sved till i hjärtat. Inte för att hon ångrade sig. Utan för att det gjorde ont att välja rätt.

Hon såg ner på sina händer. De låg stilla i knät.

”Jag kan inte ta ansvar för dig,” tänkte hon. ”Inte nu. Inte utan ett jobb. Inte utan ett hem där trygghet känns som något mer än en dröm. Inte utan en pappa som vill stanna. Jag måste hela mig först.”

En sköterska ropade hennes namn. Hon reste sig. Gick som i dimma genom korridoren.

Inne i samtalsrummet frågade kvinnan:

– Hur känns det?

Sara tog ett djupt andetag.

– Det känns inte bra. Men det känns rätt.

Hon tittade på sköterskan. Rakt i ögonen.

– Det här är inte det lättaste valet. Det är det svåraste. Det hade varit lättare att behålla barnet. Att låtsas att jag kunde. Att hoppas att allt löser sig. Att klamra mig fast vid rädslan att jag kommer ångra mig. Eller att det kanske aldrig blir en ny chans.

Hon tystnade. Rösten sprack till.

– Men jag kan inte välja ett barn utifrån rädsla. Ett barn förtjänar mer än så. Att bli förälder kräver ansvar. Och jag… jag är inte där än.

Undersökningen gick fort. Hon fick en tablett. Sen var det över.

Krampen började efter någon timme. Som vågor. Korta, skarpa, skoningslösa. Hon låg i fosterställning på soffan. Andades genom smärtan. Ingen visste. Ingen var där. Hon hade inte berättat för någon. Hon ville vara ensam. Inte för att det var det bästa. Utan för att det var så hon hade lärt sig att överleva.

Hela livet hade hon burit sig själv. Fixat allt själv. Lagt band på smärtan, pressat bort tårarna, dolt sårbarheten bakom en rustning av kontroll. Och nu satt hon där igen. Alldeles ensam. Men det som skavde mest, var inte smärtan i magen. Det var sorgen. Tystnaden. Och ett avsked ingen annan visste om.

Hon visste inte när hon somnat, men när hon öppnade ögonen var rummet svagt upplyst av gryningsljuset. Gardinen fladdrade svagt av ett öppet fönster. Luften var fuktig och mild.

Smärtan i magen hade avtagit. Inte försvunnit, men blivit till ett dovt eko, som att kroppen mindes vad som hänt men inte längre skrek.

Hon låg stilla, som om varje rörelse kunde väcka något hon ännu inte orkat känna färdigt.

Och så plötsligt, ett mjukt ljud. Ett försiktigt tassande.

Den lilla katten närmade sig. För första gången. Han hoppade upp i soffan. Tvekade. Nosade på hennes arm. Och sedan, utan dramatik, kröp han upp på hennes mage. Lade sig där, som om han visste. Som om han hörde något som ingen annan kunde höra. Hon rörde sig inte. Bara andades.

Hennes hand fann vägen till hans päls. Hon strök honom långsamt, försiktigt. Han spann. Ett svagt, nästan skört spinnande, som en liten tråd mellan liv. Tårarna kom tyst den här gången. Inte i storm. Bara som dagg.

– Tack, viskade hon.

Inte till någon särskild. Eller kanske till allt.

Det knackade på dörren. Sara stelnade till där hon satt på golvet med filten runt sig. Hjärtat slog till ett extra slag. Hon drog in andan, lyssnade. Inte ett ord. Bara två knackningar till. Mjuka. Inga krav i dem, bara närvaro.

Hon rörde sig inte. Kände hur varje del av henne ville vara ifred. Hon orkade inte möta någon. Inte förklara. Inte hålla ihop. Men så hörde hon något genom dörren. En röst. Dämpad, men tydlig. Venus.

– Jag går nu. Men jag lämnar något till dig.

Sedan steg som långsamt försvann nerför trappan. Tystnad igen.

Sara satt kvar ett tag. Länge. Tvekade. Men något i bröstet rörde sig. Som en stilla viskning: du är inte ensam. Hon reste sig, gick långsamt mot dörren. Öppnade försiktigt.

Där, på dörrmattan, låg ett kuvert och ett litet knippe rosor. Tre stycken. Långa, mörkröda rosor, så djupa i färgen att de nästan såg svarta ut i kvällsljuset. Tunga, eleganta, levande.

Hon böjde sig ner och plockade upp dem. De doftade intensivt, som något hon inte känt på länge. I kuvertet låg en handskriven lapp.

Jag älskar dig.

Du är inte ensam.

Jag bryr mig om dig.

Jag finns här för dig.

– V

Hon stod där länge i dörröppningen med lappen i ena handen och rosorna i den andra. En tyst värme spred sig inuti, som om något i bröstkorgen smälte. Hon gick in igen. Satte rosorna i en vas, hällde försiktigt vatten i den, rättade till dem så de stod rakt. Hon doftade igen. Djupare den här gången. Och så log hon.

För första gången på länge kändes det inte bara okej att ta emot kärlek, det kändes... skönt. Skönt att någon sett henne. Skönt att någon tänkt på henne. Skönt att någon fanns där, även om hon själv inte orkade vara nära.

Hon satte sig på köksstolen igen. Drog filten omkring sig och såg på rosorna där de stod i fönstret.

Hon visste plötsligt något nytt. Att isoleringen, den där reflexen att stänga av, stänga ute, kanske inte längre var nödvändig. Kanske hade den varit ett skydd. Men just nu... just nu var det skönt att få. Att bli sedd. Att bli hållen, även på avstånd. Att veta att någon älskade henne, utan att kräva något tillbaka.

Sara satt vid köksbordet, med händerna kupade runt sin kopp. Ångan från det röda teet steg långsamt mot taket, spreds som tunna slöjor. Doften var jordig, nästan blommig, och fyllde hela rummet med något tryggt. På tallriken framför henne låg resterna av den middag hon lagat, en enkel rätt, men gjord med varsamhet. Hon hade skurit grönsakerna med tålamod, kryddat med omtanke, lagt upp det med en stilla känsla av att förtjäna det. Varje tugga hade varit ett val. En bekräftelse: Jag är här. Jag tar hand om mig själv.

Hon tog en sipp av teet. Kände värmen glida ner genom halsen. Den landade mjukt i bröstet, där något brustet långsamt höll på att läka. Det var då hon kände tyngden.

Den lilla katten hoppade ljudlöst upp i hennes knä. Lade sig tillrätta, med tassarna vikta in under sig, och kroppen mjukt rundad som en liten sol.

Venus tittade ner på honom. Han såg upp. Ögonen. Alltid de där ögonen. De var svåra att sätta ord på, inte riktigt gröna. Inte riktigt gula. Ibland sken de som bärnsten, ibland drog de mot grått. Och just nu, i skenet från kökslampan, var de något mittemellan. Som örnögon. Som djup mossa i skuggan av ett träd. De ändrade sig beroende på ljuset, på dagen, på vem som såg.

Hon strök honom långsamt över ryggen. Han spann genast, ett lågt, vibrerande ljud som liksom smög sig in i hennes bröstkorg. En sån där vibration som inte bara hördes, utan kändes. Som om han visste. Som om han förstod något hon själv knappt kunde sätta ord på.

Han spann för henne. För hennes ensamhet. För sorgen hon ännu inte vågade visa. För den kärlek hon bar utan att veta hur hon skulle ge den.

Och just där, i kattens värme och tedoftens närhet, släppte något. Inte stort. Inte dramatiskt. Bara ett litet andetag hon inte visste att hon höll. Hon fortsatte stryka honom långsamt över ryggen. Hennes fingertoppar följde den varma pälsen, den var så len att hon ibland stannade bara för att känna hur mjukt livet kunde vara.

Leo såg upp på henne igen. De där ögonen, skiftande som levande ljus, blinkade långsamt, nästan som ett svar. Sara log. En liten, trött men sann glimt i mungipan.

– Du är vacker, Leo, viskade hon. – Du är trygg. Och jag älskar dig.

Hon lät orden vila i rummet. Inga stora gester. Inga förväntningar. Bara sanningar, enkla och klara. Leo svarade inte. Men han spann lite djupare, lite närmare. Som om han hörde varje ord, som om han burit dem med sig hela vägen från något annat liv.

Sara lutade sig bakåt, höll koppen i båda händerna, och Leo låg kvar. Världen utanför rörde sig, men inuti, var det stilla.

28 april – sent
på kvällen

Jag vet inte hur jag ska börja.

Men jag vill skriva till dig, till det liv jag valde bort. Förlåt. Jag säger det inte som ett försvar. Inte för att du kräver det. Men för att jag bär det inom mig nu, som en sten som inte går att svälja. Jag var så säker. Jag hade tänkt igenom allt. Jag visste att jag inte hade plats i mitt liv för ett barn. Jag hade ingen trygghet att erbjuda. Inget hem i mig själv ännu. Jag hade knappt ett arbete. Inga armar som orkar bära mer ansvar än min egen överlevnad. Och ändå.

Nu när det är över, när allt redan är gjort, det gör så ont. Jag ångrar mig. Djupt. Ärligt. Brutalt. Jag önskar att jag inte hade gjort det. Jag vet att det var det rätta, men vad hjälper det när kroppen skriker något annat?

Det känns som något slets ur mig. Och det som är kvar är tomt. Och tungt. Jag förstår nu varför de säger att nya sorger väcker gamla. För när jag satt där, ensam i smärtan, kom Leila tillbaka till mig. Hennes ansikte. Hennes skratt. Hennes sista andetag under vågorna. Och nu känns det likadant i kroppen. Den där känslan av att ha förlorat någon innan man hann säga allt. Att sitta kvar med händerna tomma och hjärtat öppet, men ingen att hålla i. Leila försvann. Och jag kunde inte rädda henne. Och nu försvann du. Och jag valde att inte rädda dig. Det gör något med en. Att förlora två som man bar i hjärtat. En som vän. En som kanske aldrig hann bli.

Jag vet att jag tog beslutet med respekt. Jag vet att jag inte agerade ur rädsla eller flykt, utan ur ansvar. Jag vet att jag lyssnade på förnuftet, för att mitt hjärta hade varit för trasigt för att ta hand om dig. Men det förändrar inte att jag saknar dig. Fast jag aldrig hann träffa dig.

Och det förändrar inte att jag just nu, i detta ögonblick, önskar att jag hade valt annorlunda. Att jag hade burit dig hela vägen. Förlåt. Jag älskar dig. Jag kommer att minnas dig. Alltid.

/Sara

Celina

Sara satt på marken, med armarna kring Leilas livlösa kropp. Hennes fingrar skakade när hon försökte skaka liv i henne.

– Leila... vakna. Vakna! Du får inte lämna mig! Hör du? DU FÅR INTE!

Hennes röst sprack. Hon skrek. Skrek som ett djur. Slog händerna mot marken. Tog Leilas ansikte i sina händer. Försökte blåsa liv i henne. Ropade, bönade, beordrade.

– Du lovade! Du lovade ju att vi skulle vara tillsammans!

Bakom henne hördes fotsteg. Någon närmade sig, men Sara hörde bara sitt eget hjärta slå som en hammare i bröstet.

– LEILA!!!

– Stop! She's dead! You have to stop!

Det var Celina som skrek nu. Hennes röst var stark, men bräcklig. Den vibrerade av chock.

Sara hörde henne inte. Eller ville inte. Hon fortsatte, tryckte, skakade, vädjade. Tårarna rann ner över ansiktet, blandades med smuts, med salt.

Celina gick fram. Knäböjde bredvid henne. Hennes ögon var röda, men fokuserade.

– Sara! She's dead!

Hon tog Saras ansikte i händerna. Hennes ögon var allvarliga. Bestämda. Medkännande.

Sara stirrade tomt. Som om något i henne just tystnat. Celina lyfte handen och gav henne en lätt örfil, inte hård, inte elak, men tillräcklig för att få henne att vakna.

Sara ryckte till. Andades häftigt. Stirrade på henne med vild blick.

– She's dead, Sara. You have to stop. She's gone.

Då föll Sara ihop. Reste inte rösten mer. Gråten kom i stötar, tunga och tysta. Hela kroppen skakade. Och Celina, utan att tveka, drog henne intill sig. Höll henne hårt.

Sara lade huvudet mot hennes axel och grät som ett barn. Och Sara lät sina egna tårar rinna, tyst, medan hon vaggade henne långsamt fram och tillbaka.

Två främlingar. Nu sammanbundna i sorg.

Elden

Natten var fuktig och luften bar en söt doft av ruttna löv och ved som brann långsamt. Paris låg bara några kilometer bort, men här, i utkanten av staden, kändes världen som något helt annat. En skog av tystnad, trasiga tältdukar och människor som alla burit sig själva längre än någon borde behöva.

Sara och Celina satt vid elden. Flamman fladdrade lågt, som en trött dansare som ändå vägrade ge upp. Runtom satt andra, män med tomma blickar, kvinnor med rynkiga pannor, unga utan papper, gamla utan minne. Några pratade lågt. Andra bara stirrade in i elden, som om svaret fanns där.

Sara drog filten tätare kring axlarna. Hon frös. Men mer inuti än utanpå.

– Jag fattar inte hur du orkar, sa hon plötsligt. – Hur du inte gått sönder.

Celina satt med benen i kors. Blicken låg kvar i lågorna.

– Jag har gått sönder, sa hon lugnt. – Flera gånger. Men jag har också lärt mig att plocka ihop mig själv.

Sara väntade. Hon visste att Celina aldrig pratade mycket, men när hon gjorde det, då var varje ord som en nyckel.

Efter en stund sa Celina lågt:

– De brukade fråga mig: Hur fann du frid?

Hon andades ut genom näsan. Ett stilla leende drog över hennes ansikte, inte glatt, men levande.

– Jag svarade: Jag sökte skydd någonstans långt bort från människor, och i tystnaden höll jag om mig själv ännu hårdare.

Sara såg på henne. Något knöt sig i bröstet.

– Vad flydde du ifrån?

Celina vände sig långsamt mot henne.

– Jag var 23. Jag hade byggt upp ett liv från ingenting. Jag var sexton när jag började jobba, sjutton när jag köpte min första bil. Nitton när jag köpte min lägenhet. Och sen ett hus vid havet – där jag kunde vakna och se vågorna genom fönstret.

Sara spärrade upp ögonen. Det var svårt att föreställa sig.

– Jag läste psykologi. Jag startade en rörelse. Vi var sju i början. Sen blev vi över 800.

Hon pausade.

– Jag trodde på förändring. Jag trodde vi kunde förändra något. Men en man jag litade på, en vän… han blev kär i mig. Jag avvisade honom. Han hämnades. Avslöjade oss. Många blev arresterade.

Sara stirrade ner i elden. Hon sa inget.

– Jag packade en ryggsäck. Lämnade allt. Status, tillhörighet, identitet. Jag kom hit. Till denna skog. Till det här landet. Där ingen vet vem jag är. Eller vem jag var.

Celinas röst var stadig, men i slutet bar den en skugga.

– Jag vet inte längre om jag flydde för att leva, eller bara för att inte dö.

Sara andades tungt. Hennes röst var låg.

– Och nu...?

Celina såg in i lågorna igen. Flamman speglade sig i hennes ögon.

– Nu försöker jag hitta fred i det som finns kvar.

Elden sprakar till. Någon hostar längre bort. En kvinna visslar för att lugna sitt barn.

Sara sträckte fram sin hand. Lade den tyst på Celinas knä.

Och där, i mörkret, under de täta grenarna, satt två kvinnor. Inget hem, ingen plan. Men de hade en eld. En tystnad. Och varandra.

Celina såg in i elden en stund till. Sedan sa hon, med låg men tydlig röst:

– Smärtan du känner idag... den kommer bli styrkan du känner imorgon.

Hon vände blicken mot Sara.

– Jag vet att det inte känns så nu. Men varje gång jag trodde att jag skulle gå sönder, varje gång jag föll... så reste jag mig med något nytt i mig. Något hårt men också vackert. Vi tror att smärtan förstör oss, men ibland är det den som formar oss.

Casper

Hon öppnade tältduken, och det första som mötte henne var den krispiga morgonluften, kylig mot huden, blandad med doften av den nyligen släckta elden. Hon lät blicken svepa över himlen, över skogen, drog in doften av tall och fuktig mossa, den där särskilda doften som bara morgnar i vildmarken bär med sig.

Hon andades djupt. Andades in allt. Himlen var skiftande rosa, som om den glödde inifrån. Solen var på väg upp. Hon älskade sådana stunder, när dagen föddes eller dog. I tystnaden tänkte hon: Det är dags för ett morgondopp.

Med handduken över axeln gick hon barfota ner till sjön. Bryggan kändes kall mot fotsulorna. Hon lät sin vita klänning glida ner längs kroppen och föll i ett med det stilla landskapet. Där i vattnet, med vinden i håret och kroppen omfamnad av kyla, fanns en frihet som inte kunde förklaras, bara kännas.

Hon hoppade i. Iskallt. Hela kroppen drog ihop sig, andetagen blev korta, ytliga. Men hon stannade kvar. Hon andades in. Andades ut. Kände hur rädslan steg, hur tankarna rusade. Hon betraktade dem, lät dem passera som moln. Kontrollerade andetaget, och sakta förbyttes kylan och obehaget mot en stilla, harmonisk närvaro.

Vattnet låg som en spegel. Himlens rosa nyanser reflekterades i ytan. Hon såg svanar glida förbi, och morgonsolen målade gyllene spår över sjön. De flög lågt, precis över ytan, siluetter mot ljuset.

Plötsligt bröts tystnaden.

-Har du någonsin sett en svart svan?

Hon vände sig om. En lång kille stod där på bryggan. Långt hår. Muskler som anades genom den tajta tröjan. Breda axlar. Ett vackert ansikte med stora, uttrycksfulla ögon.

Hon försökte behärska sin förvåning och svarade lugnt:

-Ja, det har jag.

-De är väldigt unika, sa han.

-Det är vi alla, på vårt sätt, svarade hon med ett leende.

Han log tillbaka. Är det okej om jag också tar ett dopp?

"Absolut," sa hon, och för första gången den morgonen kände hon värme, inte från solen, utan från mötet.

Han simmade mot solen, rakt ut mot den glittrande mattan av ljus som dansade över vattenytan. Solens strålar bröts i små gnistor kring honom. Hon stod kvar i vattnet, blickade efter honom ,efter kroppen som rörde sig kraftfullt men mjukt, varje muskel i harmoni med vattnet.

När han var tillräckligt långt bort passade hon på att simma tillbaka mot bryggan. Hon sträckte sig efter handduken och svepte den snabbt om sig. Det kalla vattnet på huden fick henne att huttra till. Hon ville inte verka stressad, men skyndade sig ändå att komma upp ur vattnet, som om hans blick låg kvar i luften.

När hon vände sig om för att se var han var, såg hon att han tittade. Direkt på henne. Hon frös till. Något mellan förlägenhet och upphetsning kröp upp längs ryggraden. Hade han sett henne när hon klev upp? Hon försökte dölja sin reaktion, men kunde inte undgå den pirrande känslan i magen.

Han stod där, fortfarande i vattnet, och log.

– Är du färdig? frågade han.

– Jag känner att det räcker för den här morgonen, svarade hon och pressade fram ett leende.

En kort tystnad följde innan hon sa:

– Vad heter du?

– Casper. Du då?

– Celina. Trevligt att träffas.

– Är du också med i kampen? frågade han, med nyfiken blick.

– Ja, sa hon enkelt. – Jag är också med.

Han nickade, som om han förstod något mer än bara svaret.

Casper simmade tillbaka, lade händerna på bryggkanten och med ett kraftigt tag drog han sig upp. Vattnet rann nerför hans kropp, över de definierade musklerna, och för ett ögonblick stod han där som uthuggen ur morgonljuset. Celina tvingade sig själv att inte stirra.

Casper skakade vattnet ur håret och satte sig på bryggkanten. Hans andning var fortfarande djup efter simturen, men han verkade avslappnad. Celina stod några meter bort, med handduken hårt svept om sig, fortfarande med vattendroppar som rann längs benen. Morgonsolen steg allt högre nu, värmde huden och färgade världen i guld.

– Har du varit här länge? frågade han och lät blicken vila på henne.

– Några dagar, svarade hon.

Casper nickade långsamt.

– Skogen har den effekten. Den säger inget, men den lyssnar på allt.

Celina log, nästan förvånad över hur rätt orden kändes.

– Exakt så.

De satt tysta ett ögonblick. Bara ljudet av vinden genom träden, fåglarnas morgonsånger och det stilla kluckandet från sjön.

– Vad är det för kamp du är med i? frågade hon till slut.

Han tvekade först, som om han vägde sina ord.

– Den inre. Den som aldrig syns, men känns varje dag. Jag försöker bli fri från mitt förflutna… från mina egna mönster.

Celina kände hur något i henne öppnades. En igenkänning, ett slags viskning inifrån.

– Jag också.

De såg på varandra. Inga fler ord behövdes just då.

– Vill du ha kaffe? frågade hon efter en stund. – Jag har kokat i termos. Det är inte lyxigt, men det är starkt.

– Är det skogskaffe? sa han och log snett.

– Självklart, svarade hon. – Allt smakar bättre i naturen.

Hon vände sig och började gå mot tältet, med handduken svept tätt kring kroppen och håret droppande längs ryggen. Bakom sig hörde hon hans steg mot trä.

Casper gick efter henne, fortfarande tyst. Men något i luften hade förändrats. De var inte främlingar längre.

Celina satte sig på en sliten filt vid den gamla eldstaden. Askan var fortfarande varm från natten. Hon skruvade upp termosen och hällde upp två kåsor med rykande kaffe. Ångan steg i den svala morgonluften och blandades med doften av tall, jord och sot.

Casper satte sig mittemot henne, fortfarande bar överkropp, med droppar som glittrade i morgonljuset. Han tog emot kåsan och nickade tyst som tack.

– Det här är nog det godaste kaffet jag har druckit, sa han efter första klunken.

Celina log.

– Det säger alla. Men jag tror det är tystnaden som kryddar det.

– Eller sällskapet.

Hon såg upp. Hans ögon mötte hennes, öppna, ärliga, närvarande. För första gången på länge kände hon sig inte betraktad, utan verkligen sedd.

– Du sa att du försöker bli fri från ditt förflutna, sa hon. – Får jag fråga vad det innebär?

Han drog ett djupt andetag, som om han samlade mod.

– Jag har burit på en känsla av skuld i flera år. Min lillebror dog när jag var sexton. Jag var den som skulle vakta honom den dagen. Men jag… jag var inte där.

Celina svarade inte genast. Hon bara lät honom vara i det.

Deras blickar möttes. Inga tårar. Inga stora gester. Bara närvaro. Något osynligt mellan dem vibrerade till, som om två sår kände igen varandra och viskade: Du är inte ensam.

– Ibland undrar jag om det är möjligt att börja om, sa Casper tyst.

– Det är det, sa Celina. – Men man börjar inte om genom att glömma. Man börjar om genom att minnas, utan att låta det förstöra en.

Han log.

– Du är klok.

– Nej. Jag är trasig, svarade hon. – Men jag har lärt mig att älska det trasiga.

Elden knastrade till. En ensam fågel sjöng i träden. Kaffet svalnade långsamt i deras händer, men tystnaden var varm. Det var början på något.

Casper satt tyst en stund, med blicken fäst vid eldens glöd. Sedan sa han, nästan viskande:

– Vet du varför jag frågade dig om den svarta svanen?

Celina såg upp, nyfiken.

– Nej… men jag har tänkt på det.

Han nickade långsamt, som om orden var tunga att formulera rätt.

– Det var när jag såg dig stå där på bryggan, precis innan du dök i. Solen bakom dig, vattnet som gnistrade, ditt hår fuktigt… Det var något i hela bilden. Det slog mig, hon är en svart svan.

– En svart svan? frågade hon med ett leende. – Varför just svart?

– För att alla tror att svanar är vita, sa han. – Tills de ser en svart. Då förändras något i dem. Deras gamla sanning skakar till. Det som var självklart är plötsligt inte längre sant.

Celina blev stilla. Det låg något mer i hans ord än bara en metafor.

– Du är inte som andra, fortsatte han. – Inte många tjejer skulle vara ute i skogen, helt själva, vakna i gryningen och bada nakna i iskallt vatten. Det kräver styrka. Mod. Något vilt, men ändå vackert. Stadigt. Och ensamt.

Han såg på henne. Hans röst var låg, allvarlig, men varm.

– Därför såg jag dig som en svart svan. En black swan, rising. Stark. Vacker. Oförutsägbar. Någon som inte följer världen, utan får världen att omvärdera vad som är möjligt.

Celina satt tyst. Orden landade i henne som fjädrar, mjukt, men med tyngd. Hon ville svara, men hennes hjärta visste redan att det här ögonblicket var sant. Kanske det vackraste någon någonsin sagt till henne. Inte som en komplimang, utan som en sanning.

Hon såg på honom, djupt och stilla.

– Tack, viskade hon.

Celina satt stilla ett ögonblick efter hans ord, som om hon samlade något inom sig. Blicken vilade i elden, men tankarna var långt bort.

– Jag har alltid känt mig... som om jag kom från en annan plats, sa hon lågt. – Inte som i geografiskt, utan... inuti. Som om jag såg världen annorlunda. Kände den djupare. Och det gjorde att jag kände mig fel, länge.

Casper lyssnade tyst, utan att avbryta.

– Jag växte upp bland människor som tyckte jag var för känslig. För stark. För självständig. För mycket. Så jag försökte passa in. Jag tystade mig själv, lindade in min eld i andras förväntningar. Men elden slocknade inte. Den brann i tysthet.

Hon lyfte blicken mot honom.

– Kampen jag talade om... den är mellan den jag var tvungen att vara, och den jag egentligen är. Jag valde att gå. Att lämna allt. Att börja om. Och nu försöker jag leva så nära sanningen som möjligt. Även när det gör ont. Även när det är ensamt.

Casper log, inte med munnen, utan med ögonen. Ett erkännande. En spegling.

– Det är mod, sa han. – Att vara sig själv när världen vill forma dig. Att resa sig, som du har gjort, kräver mer styrka än att stanna.

– Jag vet inte om jag alltid är stark, viskade hon.

– Men du reser dig ändå. Det är det som gör dig till en svart svan.

Tystnaden lade sig igen. Men nu var det inte längre en tystnad av främlingar, utan en stillhet mellan två själar som sett varandra på djupet.

– Vet du vad jag tänker ibland? sa Celina efter en stund.

– Vad då?

– Att de av oss som bryts tidigt... vi lär oss att dansa i våra egna sprickor. Och där kommer ljuset in.

Han såg på henne, rörd.

Hon log mjukt.

Just som Celina skulle säga något mer, ett minne som låg precis under ytan, hördes ett ljud från skogen.

Ett rop. Dämpat först, sedan tydligare. Mänskligt. Stressat.

– Hjälp! Hallå! Är det någon där?!

Båda stelnade till. Blickarna möttes, och som på given signal reste de sig upp samtidigt. Casper drog snabbt på sig sin tröja, fortfarande blöt, medan Celina svepte om sig handduken hårdare.

Ropet hördes igen, nu närmare. Det kom från andra sidan sjön, bakom en ridå av granar.

– Vi måste gå, sa Casper snabbt.

– Jag tar på mig klänningen, svarade Celina och försvann snabbt in i tältet. När hon kom ut hade hon knutit upp håret och bytt till torra kläder.

De började springa längs stigen, barfota över rötter och mossa, båda alerta, hjärtat i halsgropen. Luften kändes plötsligt annorlunda, som om den höll andan.

När de närmade sig ljudets källa såg de en tonårspojke vid strandkanten. Han var lerig upp till knäna, ansiktet blekt, ögonen uppspärrade.

– Min syster, flämtade han. – Hon halkade… hon… hon ramlade i vattnet. Jag vet inte var hon är!

Casper sprang fram direkt.

– Var? Visa oss!

Pojken pekade längre bort längs vattnet, där strömmen var starkare. Celina kastade av sig sandalerna och sprang efter dem.

När de kom fram såg de bara vatten först. Men så, något ljust, en rörelse under ytan. Utan att tveka kastade sig Casper i. Celina knäböjde vid strandkanten, redo att hjälpa till.

Sekunder kändes som evigheter.

Sen, en flicka. Casper drog henne upp ur vattnet, hon hostade, grät, skakade. Han bar henne till land, la henne försiktigt ner. Celina la sin hand mot flickans kind.

– Du är okej nu, viskade hon lugnande. – Du är trygg.

Flickan såg upp på henne med tårfyllda ögon, och för ett ögonblick möttes två världar, rädsla och räddning. Liv och livskraft.

Pojken föll ihop på knä bredvid sin syster, lättad, gråtande.

– Tack... tack...

Casper satte sig på marken, andfådd, droppande. Celina tog hans hand utan att tänka. Deras ögon möttes igen, nu inte bara som två människor på en resa, utan som medvandrare i något större.

Och just där, mitt i kaoset, visste Celina: Kampen har många ansikten. Men ibland... får man vara den som lyfter någon annan ur mörkret.

Celinas dagbok – kväll, någonstans nära den franska gränsen

Det finns ögonblick i skogen då allting känns stilla. Som om träden håller andan tillsammans med oss. Det är som om naturen vet något vi människor glömt, hur man lyssnar utan att kräva svar.

Sara pratar inte om Leila. Inte direkt. Men sorgen syns i allt hon gör. I sättet hon håller sin kopp. I hur hennes blick stannar längre än nödvändigt på vissa saker, som om hon väntar på att tiden ska backa.

Det är något djupt i henne som försöker överleva. Inte fly längre, men andas. Jag vet hur det känns. Att bära någon man älskar som inte längre går att hålla i handen.

Jag vill inte trösta henne. Jag vill inte säga att det blir bättre. Jag vill bara vara här. Med henne. I stillheten. Tills hon orkar säga Leilas namn högt.

Celina rörde sig långsamt genom skogen. Det var sent på dagen, skymningen smög in mellan träden, och luften var tung av fukt och barr. Hon följde ljudet av tystnad, som bara bröts av enstaka fågelsång och ett svagt prassel från löv som rörde sig i vinden.

Vid skogsbrynet såg hon henne.

Sara satt på en stor sten, axlarna framåtlutade, armarna vilande över knäna. Hon stirrade rakt ut över ett öppet fält. En flock rådjur betade i stillhet några meter bort. De hade ännu inte märkt Celina.

Celina stannade en bit bakom, som om platsen var helig. Som om sorgen hade skapat ett rum där ord inte fick störta in.

– Jag visste att jag skulle hitta dig här, sa hon till slut, mjukt.

Sara svarade inte. Hon blinkade inte ens. Bara fortsatte titta ut mot fältet.

– De är vackra, viskade Celina och satte sig tyst bredvid. – Rådjuren. De kommer bara fram när det är lugnt. De känner av hjärtan som bär på stillhet. Eller sorg.

En lång stund passerade.

Sedan, utan att vända blicken, sa Sara:

– Leila älskade rådjur. Hon brukade säga att om hon blev ett djur i nästa liv, så ville hon vara ett rådjur. Hon sa att de är fria, men ändå vaksamma. Starka, men stilla.

Celina låg lågt i sin andning, närvarande.

– Hon var min bästa vän. Min enda trygghet. Den enda som visste allt. Jag har räddat henne så många gånger. Och hon har räddat mig. Vi sa alltid att vi skulle klara det. Tillsammans.

Hennes röst sprack. Men hon fortsatte:

– Hon drömde om att bygga ett liv i London. Ett litet hus. Hon ville ha tre barn. Två döttrar och en son. Hon ville ha en hund. En stor hund. Hon visade mig bilder ibland, på golden retrievers. Hon sa att det skulle bli hennes trygghet.

Sara vände nu blicken mot Celina. Ögonen var fyllda av något mer än tårar. Ett djup. Ett tomrum.

– Nu är hon borta. Och jag… jag vet inte vart jag ska ta vägen. Det känns som att hela världen har blivit kall. Som om ingen kommer hålla om mig så igen. Som om ingen vet vem jag är längre.

Celina lade försiktigt sin hand över Saras.

– Jag vet inte hur det känns att förlora Leila, viskade hon. – Men jag vet hur det känns att tappa sin riktning. Att tappa den som var ens hem.

Sara andades in, långsamt.

– Hon var min hjälte. Och nu när hon är borta… jag vet inte vem jag är utan henne. Jag trodde jag var stark. Men nu känner jag mig bara… ensam.

– Ensamhet efter en sån förlust är inte svaghet, sa Celina. – Det är kärlek som inte har någonstans att gå.

Tystnaden lade sig igen. Rådjuren på fältet lyfte sina huvuden ett ögonblick och såg mot dem, som om de hörde orden som inte sades.

– Får jag sitta med dig en stund till? frågade Celina.

Sara nickade. En enda gång. Och Celina stannade. Inte för att trösta. Inte för att prata bort sorgen. Utan bara för att vara där. I det som fanns kvar. I det som ännu levde.

Skymning i skogen

Solen var på väg ner bakom trädtopparna. Himlen färgades i toner av brons och rosa, och skuggorna drog sig långsamt över marken som tysta berättelser. Luften bar doften av kåda, jord och något krispigt, nästan som äppelskal. Det var den där timmen då skogen höll andan innan natten tog över.

Casper hade just kommit tillbaka från utkanten av lägret. I handen höll han en tygpåse med några rotfrukter och bröd som en äldre kvinna delat med honom. Men han stannade tvärt, mitt i steget, när han såg henne.

Hon stod vid ett gammalt vedträd, lätt framåtlutad, med båda händerna hårt om yxans skaft. Hon bar en röd klänning, sliten i kanten, men levande i färgen som svepte precis nedanför knäna. Klänningen rörde sig lätt i vinden, och varje gång hon höjde armarna syntes låren, musklerna spändes, och linjerna i ryggen drog som levande skuggor.

Hennes hår var uppsatt halvt, några lockar hade fallit ner längs ryggen, fuktiga av svett och dagsljus.

Casper ställde sig bakom en tall, dolde sig delvis, inte för att smyga, men för att få betrakta utan att störa. Han kände hur något rörde sig i bröstet. Inte bara åtrå. Det var något med sättet hon rörde sig på.

Rytmen. Kraften. Närvaron. Hon högg inte som om hon försökte imponera. Hon högg som om hon överlevde.

Varje hugg var exakt. Vedträt delade sig under yxan som om det visste att det inte kunde stå emot henne. Hennes händer var smutsiga, hennes axlar blanka av svett, och ändå, hon var vackrare än något han sett i Paris eller någon bar de gömt sig i längs vägen.

Han klev fram först när hon pausade. Yxan vilade mot marken, hennes andning djup och rytmisk.

– Du är stark som en björn, sa han mjukt, men med ett leende i rösten.

Celina såg upp, överraskad, men inte skrämd. Hon torkade svetten från pannan med underarmen och svarade med ett kort skratt.

– Jag har inget val än att vara stark.

– Du behöver inte göra det ensam, sa han. – Jag kan hjälpa dig.

Deras blickar möttes. Hennes ögon var gyllenbruna i skymningsljuset, med något trotsigt i blicken, men också något varmt. Han tog några steg till. Rörde inte henne, men ställde sig nära. Mycket nära.

– Jag vet att du kan själv, viskade han. – Men just det här... det här vill jag göra.

Han lyfte henne försiktigt åt sidan, händerna stadiga kring hennes midja. Hon gjorde inget motstånd, men korsade armarna och himlade med ögonen.

– Jag vill inte bli avbruten, sa hon. – Jag var mitt i ett flow.

– Det här är ett sabotage av det mest romantiska slaget, log han och greppade yxan.

Celina skrattade till, grep tag i hans arm.

– Ge hit.

– Aldrig, sa han och snurrade undan.

Det började som lek. Ett lätt grepp. Ett skoj. Men hennes kropp reagerade snabbt. Hon kastade sig mot honom, han vred undan, de rörde sig i cirklar kring veden. Hon skrattade, men ögonen glödde av tävling. Han låtsades parera, hon gick till attack. De föll, rullade ner i den mjuka mossan. Ljusstrimmor från kvällshimlen målade deras kroppar i guld och koppar.

Casper låg halvt ovanpå henne, skrattande, med handen upphöjd i seger.

– Jag är starkast, sa han.

Celina sträckte sig efter några torra löv och pressade dem mot hans ansikte.

– Ät naturen! sa hon och försökte trycka in dem i hans mun.

De skrattade båda två, högt och oförsiktigt. Ljudet studsade mellan träden som barn som leker i skogen.

Han fångade hennes handleder till slut, med ett mjukt men bestämt grepp. Hon sprattlade till, vred på sig. Då greppade han även hennes ben. Höll henne stilla. Allt i rörelsen var varsamt, lekfullt, men något i stämningen hade förändrats.

De låg stilla nu.

Andningen var snabb. Inte längre bara av skratt.

Hon slutade röra sig.

Deras ansikten låg nära. Så nära att han kunde se ett litet födelsemärke vid hennes käklinje. Så nära att hon kunde känna hans andetag mot sin kind.

Han tittade på henne.

Hon blinkade långsamt. Blev alldeles tyst. Något mjuknade i henne, som om hon släppte taget om ett försvar hon burit i år.

Och så, utan att någon av dem sa något mer, möttes deras läppar.

Först försiktigt. Mjukt. Utforskande.

Sen djupare.

Inte för att de måste.

För att allt annat i världen hade tystnat.

Kyssen vilade kvar mellan dem som ett sista andetag som inte ville ta slut. När deras läppar långsamt skildes åt, stannade tiden kvar i rummet mellan deras ansikten. De låg fortfarande tätt intill varandra, bröstkorg mot bröstkorg, ben sammanflätade, händer fortfarande greppande efter varandras närhet.

Ingen sa något. Inte för att det saknades ord. För att orden skulle ha stört något heligt.

Celina låg stilla, men hennes hjärta slog så hårt att hon var säker på att han kunde känna det. Casper såg på henne, djupt, långsamt, som om han försökte memorera varje linje i hennes ansikte. Det fanns inget i hans blick som krävde. Bara närvaro. Bara seende.

– Känner du det? viskade han.

Hon nickade, knappt märkbart.

– Som om vi har känt varandra förut, fortsatte han. – Inte bara mötts... utan funnits i varandras liv. Någon annanstans. Någon annan gång.

Celina andades in, men andningen skälvde. Hon hade inget försvar kvar. Inga murar, inga skämt. Bara öppen hud. Bara hjärta.

– Jag vet inte vad du är för mig, sa hon, – men det känns som... som om jag inte behöver förstå det. Jag bara vet. Här.

Hon förde sin hand till sitt bröst, precis över hjärtat.

– Som om du varit där hela tiden. Och jag har bara väntat på att hitta dig i verkligheten.

Casper log stilla, nästan sorgset.

– Jag har letat, viskade han.

De låg kvar i mossan. Himlen hade djupnat till en purpurlila ton. Luften var sval men levande. Skogen runt dem var tyst, men full av liv. En uggla hoade i fjärran. Löven rörde sig i ett stilla sus.

Casper strök en lock från hennes kind, långsamt, som om han inte vågade rusa fram något.

Celina la sin panna mot hans. De låg så en stund, stilla, hud mot hud, andetag mot andetag. Allt var enkelt. Allt var sant.

Det var inte passionen som var starkast i det ögonblicket. Det var igenkänningen. Som att deras kroppar mindes något de själva hade glömt. Som om deras själar log i återseendet.

Venus & Adam

Kaffet doftade mörkt och lite bränt. Venus hällde upp två koppar och ställde en framför Adam. Han satt i tystnad med armbågarna på bordet och huvudet tungt i händerna. Regnet hade tystnat. Bara några droppar hängde kvar i trädens blad utanför.

Venus satte sig mittemot. Hon sa inget. Han sträckte sig efter koppen men drack inte direkt. Stirrade ner i den. Fingrarna darrade svagt.

– Jag går idag, sa han till slut.

Venus såg upp.

– Tolvsteget.

Hon nickade långsamt.

– Vill du att jag följer dig?

– Nej, sa han snabbt. Sen mjukare: – Jag behöver göra det här själv.

En kort tystnad. Venus svarade inte. Bara tog en klunk kaffe.

Adam såg på henne. Hennes ansikte var mjukt, men inte svagt. Det fanns något där nu som inte funnits förut, en gräns. En stilla gräns som sa: Jag älskar dig, men jag räddar dig inte mer.

Adam –
Tolvstegsmötet

Lokalen luktade fuktig filt, gammalt trä och svagt kaffe. Rummet var lågt i tak, med stolar i en ring. På väggarna hängde planscher med ord som "Acceptans", "Sanning", "Tillit". Några människor satt redan där, en kvinna med stickad mössa och sorgsna ögon, en man med tatueringar på händerna, en äldre herre som stirrade ner i golvet.

Adam satte sig på en stol närmast dörren. Andningen var grund. Han ville fly. Men benen satt fast i golvet.

– Välkommen, sa en man med varm röst. – Ny?

Adam nickade.

– Vill du säga något?

Adam skakade på huvudet. Men efter ett tag, när fler hade delat sina berättelser, brutna röster, nakna ord, skratt mitt i tårar, höjde han handen.

– Jag heter Adam , sa han. Rösten bar knappt. – Och jag… har förlorat mig själv.

Han svalde. Fortsatte.

– Jag trodde att jag kunde kontrollera det. Att jag bara drack för att stilla något som gjorde ont. Jag trodde att om jag bara älskade tillräckligt hårt, eller blev älskad, skulle jag bli bättre.

Han tystnade. Kände hur hjärtat bankade.

– Men jag blev min far. Jag sa att jag aldrig skulle bli honom. Och ändå slog jag sönder allt jag ville hålla fast vid.

Mannen mittemot nickade långsamt. Kvinnan i mössan log sorgset, men vänligt.

– Jag är rädd, sa Adam. – Att jag inte kan laga något mer. Att jag har bränt allt. Att hon… Venus… inte orkar mer.

Han såg ner i händerna.

– Men jag vill leva. Jag vill vara närvarande. Jag vill inte behöva bedöva längre.

Någon la en hand på hans axel. Inget mer. Bara närvaro. En stilla bekräftelse: Du är inte ensam.

Efter mötet

A dam satt kvar en stund efteråt. Rummet var nästan tomt. Kaffet hade kallnat. Ljuset från fönstret föll blekt över det nötta golvet. Han kände sig tom. Inte på ett farligt sätt. Utan som om något äntligen fått tystna. I fickan låg ett vikt papper med de tolv stegen. Han hade läst dem flera gånger. Fastnat vid ett:

"Vi kom till tro att en kraft större än oss själva kunde återge oss vårt förstånd."

Han visste inte om han trodde på Gud. Men han började tro på något annat: möjligheten att släppa taget. Att se sig själv utan att blunda. Att börja om, inte som den han önskade att han var, utan som den han faktiskt är.

Han reste sig. Gick ut i regnet som börjat igen. Den här gången sprang han inte ifrån något.

Regnet föll som en slöja över staden. Inte kallt, inte våldsamt, bara jämnt, som om himlen ville rena något. Adam gick utan mål. Jackan var tunn, vattnet sipprade in längs kragen, nerför nacken, men han märkte det knappt. Allt inom honom kändes fuktigt ändå.

Han vek in på en tyst sidogata, förbi ett garage, några stängda butiker, en kyrkogård. Där stannade han. Han satte sig på en stenmur under ett träd, lät ryggen sjunka ihop. Fötterna i vattenpölar. Ögonen fästa någonstans mellan grå himmel och våta löv.

Det var inte första gången han försökte bli nykter. Det var inte första gången han lovade. Men idag… var första gången han sa sanningen högt. För sig själv. För andra. Och det gjorde ont. Inte för att sanningen var ny. Utan för att den inte längre gick att fly ifrån.

Han visste vad han förlorat. Vad han förstört. Men där fanns också något han inte kunde släppa: jag lever fortfarande.

Han visste hur det kändes att stirra in i flaskan och känna att det var det enda som höll honom kvar. Han visste hur det kändes att vakna utan minne och med skam som andra hud. Han visste hur det kändes att se på någon man älskar, och inse att man sårar mer än man helar.

Men han visste också detta: han hade inte gett upp. Inte än.

Adam såg ner på sina händer. De darrade svagt. Ärren i handflatorna från barndomens kastade glas, från pappans vredesutbrott. Från allt han försökt gömma. Nu fanns det inget att gömma bakom längre. Inget rus. Ingen förnekelse.

Bara honom själv. Och för första gången på länge… hatade han inte det han såg.

Han såg en man som bar sina trasigheter. En man som inte ville fortsätta i sin fars fotspår. En man som inte var klar, men vaken.

En man som, om han överlever detta, en dag kanske kan sträcka ut handen till någon annan. Inte som en frälsare. Inte som en hjälte. Utan som någon som vet hur det känns att förlora allt, och ändå stanna kvar.

Han lutade huvudet bakåt, lät regnet skölja över ansiktet. Ögonen blundade. Läpparna formade inga ord. Men i bröstet hördes något. En röst han inte hört på länge.

Jag vill leva.

Sara

T elefonen vibrerade på köksbordet. Skärmen blinkade till i det grå eftermiddagsljuset.

Venus: Fika på din favoritkafeteria. 16.00. Jag bjuder.

Sara stirrade på meddelandet i flera sekunder. Hon höll andan. Ett ljudlöst ja pulserade i bröstet, men hon rörde sig inte förrän efter ett djupt, nästan darrande andetag. Sedan skrev hon:

-Okej. Tack.

Det var första gången hon skrev till någon på flera dagar.

Kaféet – senare
samma eftermiddag

Hon kom tio minuter tidigt. Hon ville hinna landa innan Venus kom. Kaféet låg i hörnet av en stillsam gata, där trädens blad ännu bar på fukt från morgonregnet. Dörren öppnade sig med ett mjukt pling.

Doften slog emot henne direkt. Rostat kaffe. Varm croissant. Citrontvål.

Kaféet var litet, träfärgat, varmt. Stolarna av mörkt trä, slitna i kanterna, hade snidade detaljer. På fönsterbrädan stod små glasvaser med torkad lavendel. Tre unga tjejer satt vid ett runt bord vid fönstret. De skrattade högt, armbågarna vilade nonchalant över bordet, kaffemuggarna halvfulla, rösterna snabba. Deras energi var lätt, som bubblor i kolsyrat vatten.

Sara satte sig vid ett hörnbord. Hon höll händerna runt koppen hon nyss fått, svart kaffe, precis som hon brukade beställa det. Blicken fastnade på de unga tjejerna. Hon log svagt. Men något högg till bakom bröstbenet.

Så mycket liv i dem…

Hon såg på dörren. Andades in ångan från kaffet, lät sig omslutas av värmen, men den räckte inte in.

Venus klev in, blicken sökande tills hon såg henne. Hon log. Ett litet, stilla leende. Hon satte sig tvärs över bordet, tog Saras händer i sina.

– Hej.

Sara svalde. – Hej.

De satt tysta ett ögonblick. Sedan viskade Sara:

– Jag är glad att du skrev.

Venus klämde hennes hand. – Jag har tänkt på dig varje dag.

Sara såg ner i koppen. – Jag vet inte riktigt hur jag ska börja.

– Börja bara där du är.

Sara höll tyst en stund. Sedan sa hon:

– Jag ångrar mig.

Venus svarade inte direkt. Hon höll Saras blick.

– Jag vet att det var rätt beslut. Jag vet det, logiskt. Jag hade inget hem, inget jobb, ingen trygghet att ge. Jag hade inte ens ett stabilt hjärta. Men… det spelar ingen roll nu. För kroppen skriker ändå. Som om den förlorat ett barn som redan fanns. Jag ser barn överallt. Jag hör deras röster. Deras skratt. Jag drömmer om vaggrar. Jag vaknar med skuld i halsen.

Venus andades långsamt.

– Jag vet inte hur det känns. Men jag hör dig.

Sara fortsatte, viskande:

– Jag trodde jag kunde släppa det. Men det var som att en del av mig ville leva, och jag valde bort den. Jag försöker förstå… men vissa dagar… det gör bara ont.

De satt tysta. Sedan sa Venus lågt:

– Jag tror att smärta som vår inte alltid har logik. Men vi får inte glömma att du valde det du valde… för kärlek. För ansvar. För att inte upprepa historien.

Sara blinkade, tårar brände.

– Jag vet… men ibland undrar jag: Var det kärlek att välja bort? Eller bara rädsla?

Venus tog en klunk kaffe, stirrade ut genom fönstret. Sedan sa hon:

– Jag tror att vi båda har levt så mycket av våra liv i rädsla. Rädda för att inte bli älskade. Rädda för att inte duga.

Sara såg upp.

– Hur är det med Adam?

Venus svarade efter en stund.

– Han är tystare nu. Tillbakadragen. Men det är något annat i honom… något jag inte sett förut. Som om han äntligen börjar se på sig själv utan att döma. Som om han börjat gå inåt. På riktigt.

Sara log svagt. – Det låter som början på en healingresa.

– Ja, sa Venus. – Jag tror det. Och jag… jag saknar min mamma. Inte den hon var när vi bråkade. Men den lilla flickan i henne. Den som kanske aldrig fick vara barn.

Sara tystnade. Sedan sa hon:

– Vi har alla en ryggsäck. Vi ärver trauman som tystas ner i generationer. Och ibland bär våra föräldrar på smärtor de aldrig kunnat sätta ord på. Så de kastar dem på oss, inte för att de vill, utan för att de inte vet hur man gör annat.

Venus tog in orden. De landade mjukt, som snöflingor.

– Jag brukade tro att kärlek var att laga andra, sa hon. – Att vara den starka. Den förstående. Den som stannar.

– Jag också, sa Sara. – Tills jag insåg att jag var tvungen att välja mig själv. Och att det var den största kärlekshandlingen jag kunde göra.

De satt där. Två kvinnor, två berättelser, men samma ursprung: ett behov att bli älskade. Ett behov att börja älska sig själva.

Venus – Hemma,
samma kväll

Det var mörkt i lägenheten när Venus öppnade dörren. Hon tände ingen lampa. Ljuset från gatlyktorna silade in genom persiennerna och föll som ränder över väggarna. Hon stängde dörren bakom sig, långsamt, som om varje rörelse måste få ta tid.

I hallen stod vasen. Rosorna hade vissnat. De var gråbruna, lutade åt olika håll som trötta kroppar. Hon stannade till framför dem. Fingrade lätt på ett blad som krökt sig inåt. Det föll av med en viskning.

Hon gick in i sovrummet, tog av sig klänningen, vek den försiktigt och lade den över stolsryggen. Klockan på nattduksbordet blinkade: 21:30. Hon gäspade, men det var inte tröttheten från kroppen, det var tröttheten som satt i hjärtat.

Hon gick till badrummet. Vände på duschvredet. Lät vattnet bli varmt. Klev in. Och stod där. Stillastående. Lät vattnet rinna över axlarna, ner för ryggen, ner längs benen. Som om varje droppe bar med sig en bit av det hon inte längre orkade bära själv.

Saknad.

Sorg.

Längtan.

Ilska.

Förväntningar som aldrig möttes.

Ord som aldrig blev sagda.

Hon lutade pannan mot det kalla kaklet och blundade. Tårarna blandades med duschvattnet. Det fanns ingen skillnad längre.

Efter en lång stund stängde hon av. Slog en handduk runt kroppen. Gick långsamt fram till spegeln. Stannade. Hon såg sig själv. Och för första gången, vände hon inte bort blicken. Hon mötte sina egna ögon. Länge. Stillhetens ögonkontakt. Inget dömande. Bara ett möte.

Hon andades in.

– Det känns inte jobbigt längre… att titta på dig, viskade hon. – Det känns inte längre svårt… att se dig i ögonen.

Hon la en hand över sitt hjärta.

– Det känns inte längre skrämmande… att vända sig inåt.

Hon blundade. Sen öppnade hon ögonen igen. Tittade rakt in i sin egen blick. Och började tala, inte högt, men med en röst som bar:

– Jag förlåter dig, pappa… för att du inte var där. För att du inte tog ansvar. För att du inte gav mig kärlek. Jag antar att du aldrig själv fick den. Jag antar att du inte visste vad kärlek var. Jag antar att du inte var redo att vara pappa.

Hon drog ett djupt andetag. Orden skälvde, men de stannade inte.

– Jag förlåter dig, mamma. För att du själv var ett offer. För att du kämpade. För att du aldrig blev sedd, aldrig blev respekterad som kvinna. Jag vet att du burit mer än någon borde. Jag vet att du gjorde så gott du kunde... utifrån dina egna sår.

Hon blinkade, men tårarna kom nu. Stora. Tysta. Hon lät dem rinna.

– Jag älskar dig precis som du är, mamma. Det finns inget i dig jag vill ändra. Jag är den jag är i dag tack vare det jag har lärt mig av dig, på gott och ont. Jag ser dig nu. Inte bara som min mamma. Utan som kvinna. Som människa.

Hennes kropp darrade till. Men hon höll sig själv mjukt, omslutet, med blicken kvar i spegeln.

– Jag ber om förlåtelse... för att jag varit hård mot dig. För att jag inte har förstått dig. För att jag bar på förväntningar du inte kunde bära. För att jag trodde att om jag var perfekt, skulle du älska mig mer. Jag vet nu att du gjorde så gott du kunde. Och det... det är tillräckligt.

Hon stod kvar. Långsamt släppte hon taget om spegelbildens skuld.

Sedan gick hon ut från badrummet, fortfarande med handduken kring kroppen. Satte sig på sängkanten. Tog upp telefonen.

Klockan visade: 22:12.

Hon öppnade meddelandeappen. Höll tummarna ovanför tangentbordet en stund. Sedan skrev hon:

Hej mamma!

Jag ville bara säga att jag älskar dig. Jag saknar dig. Och jag hoppas att du mår bra.

Kram/Venus

Hon läste det flera gånger innan hon tryckte på "Skicka". När det var skickat, lade hon ner telefonen på kudden bredvid sig. Och för första gången på mycket, mycket länge, kände hon sig lite lättare. Inte färdig. Men fri att börja.

Helena

Det plingade i telefonen. Ett mjukt, elektroniskt ljud som bröt den tunga, tidiga tystnaden. Venus blinkade långsamt. Rummet var fortfarande dunkelt, gardinerna drog för, men morgonen smög in ändå, som ett ljus man inte kunde stänga ute. Hon sträckte sig efter mobilen. Skärmen lyste till. Klockan: 06:00. Hon tittade till höger i sängen. Tomt. Adam hade inte kommit hem. Hennes kropp var för trött igår för att märka det. Men nu... tomheten låg där, kall och tydlig i lakanet.

Men telefonens ljus drog henne tillbaka.

-Hej, Venus! Hej min dotter!

Jag saknar dig, och du anar inte hur glad jag blev av ditt meddelande.

Jag vill se dig. Jag älskar dig.

– Helena

Hon stannade. Stirrade på orden. Sedan höll hon telefonen mot sitt bröst. Kramade den. Ögonen fylldes med en tyst tacksamhet. Hon läste det igen. Och igen. Som om hon ville rista in varje stavelse i sitt hjärta. Ett leende smög sig fram. Ett sånt som inte pressades fram, utan föddes inifrån.

Hon satte sig långsamt upp. Gick till köket, hällde upp ett glas vatten och drack i tystnad. Sedan drog hon gardinen åt sidan. Ljuset bröt in, skiftande, försiktigt, men levande. Hon såg hur solen kämpade sig upp bakom kyrkans torn och trädens svajande silhuetter.

Fåglarna sjöng. Mjukt. Morgontrötta, men vakna. Hon drog på sig sin morgonrock och gick barfota genom lägenheten.

– Adam? ropade hon lågt.

Ingen röst svarade. Hon visste det redan. Men det var först nu känslan landade: han hade inte kommit hem. Inte än. Men just denna morgon… var det något annat som fyllde henne. Hon satte på kaffet, kände hur doften spred sig som en värmande filt över hela köket. Hon satte sig vid bordet, tog fram sin anteckningsbok och började skriva.

Idag är en fin dag.

Jag är glad, mamma, att vi pratar igen.

Jag är glad att jag har hittat tillbaka till dig.

Jag saknar dig mer än du tror,

och jag vill också se dig.

Hon la ifrån sig pennan. Tog upp telefonen. Skrev:

Vad säger du om en fika, mamma? Eller kanske en lunch? Eller en promenad?

Jag är ledig idag, har semester hela veckan. Vi kan ses när du har tid.

Jag älskar dig. Kram.

Hon tryckte "skicka".

Det tog inte ens en halv minut innan skärmen lyste upp igen. -Jag kan idag. Vi kan äta lunch tillsammans.

Venus log. Fingrarna dansade över skärmen:

-Ja, mamma! Vad säger du om den italienska restaurangen?

Svaret kom nästan direkt:

-Mer än gärna

Hon lade ner telefonen. Höll kaffekoppen mellan händerna. Tog en klunk. Sakta. Med andakt. Doften. Värmen. Smaken. Tystnaden. Det var en stillsam lycka, inte den som skriker, utan den som viskar: Du är på rätt väg.

Men så öppnades dörren. Ett svagt klick. Venus tittade upp. Adam. Han gick rakt in. Mötte hennes blick i en sekund, sa inget, och försvann direkt till badrummet. Dörren stängdes. Duschens brus tog över.

Venus satt kvar. Kaffekoppen i händerna. Blev inte arg. Inte rädd. Hon tänkte bara:

Jag får prata med honom senare. Och sedan, med ett leende:

Men idag… idag ska jag träffa mamma.

Casper

Lövens kanter var redan brända av hösten. Marken bar fukt från nattens regn, men det lilla lägerområdet var torrt nog att sitta. Doften av bränt trä blandades med något mildare, stekt lök, tomat, en svag syrlighet från tomatskalet som långsamt fräste i kastrullen.

Casper rörde om med baksidan av en kniv. Han satt på huk nära elden, ögonen kisande mot röken som ibland blåste tillbaka i hans ansikte. På en platt sten vilade ett ihopvikbart lock där några ägg långsamt fick stelna i värmen. Celina rev små bitar av brödet och lade dem i en hög. Sara satt mittemot, med benen korsade under sig, och stirrade in i lågorna som om de berättade något hon inte riktigt förstod.

Ingen sa något. Bara knastret. Ljusets dans över deras ansikten. En bit lök föll från kastrullen och fräste till mot glöden. Casper log snett, petade tillbaka den. Celina drog sin filt tätare omkring axlarna. Hon såg på Sara.

– Hon blev tagen igen, viskade Sara efter en stund, nästan för sig själv.

Casper och Celina såg mot henne, men sa inget. Bara lät henne tala, om hon ville.

– Kvinnan med bebisen. Hon som gömde sig bakom lastbilarna...
tredje gången nu. De hittade henne igen. Bebisen grät. Hon försökte
hålla honom tyst, men... han är bara ett barn.

Sara lyfte blicken mot elden igen. Den reflekterades i hennes ögon
som två röda fläckar.

– Jag såg henne igår. Hon grät inte. Hon bara... höll barnet som om
han var allt hon hade kvar av sig själv.

En tystnad följde. Bara lågornas språk. Celina rörde i äggen med en
liten gren.

– Vi har knappt pengar kvar, sa hon efter en stund. Rösten var låg,
men stadig. – Kanske... vi också måste försöka.

Casper såg upp.

– Bakom lastbilarna?

Hon nickade.

Han sa inget direkt. Tittade istället på brödet, bröt en bit och la på
Saras tygbit som fungerade som tallrik. Hon tackade inte, men hon
tog emot.

Sara stirrade fortfarande på elden. Ögonen blanka nu.

– Jag vet inte vart jag ska ta vägen längre, viskade hon. – Jag känner
mig... som ett löv i vinden. Allt jag försökte med Leila... vi trodde
vi skulle klara det. London. Framtid. Men nu...

Tårarna rann utan drama. Hon rörde dem inte. Lät dem rinna, som
regn på höstlöv.

Casper lade försiktigt ifrån sig kniven. Tog ett djupt andetag, men sa inget genast. Hans blick sökte sig till Celina. Hon såg på honom. Något mjukt växte mellan dem, ett tyst språk.

Sedan vände han sig mot Sara.

– Jag har tänkt mycket, sa han. – Jag... jag ska försöka ta mig till Sverige.

Sara såg långsamt upp. Casper fortsatte, men nu med blicken fäst vid lågorna.

– Min pappa... jag tappade kontakten med honom när jag var liten. Fick höra att han kanske är där. Inte säkert. Men det är allt jag har.

Sara såg på honom. Celina också. Sedan, efter ett slag, lyfte Casper blicken mot Celina. Och sa, nästan som ett förslag, men ändå som en inbjudan:

– Jag vill att ni följer med mig.

Celinas ögon vidgades lite. Men hon svarade inte än. Sara satt tyst. Blicken tillbaka i lågorna.

Casper tog en bit bröd, bröt den i två, la en bit i Celinas hand.

– Vi måste ändå lämna det här snart, sa han. – Vintern kommer. Och vi har inget kvar.

Han åt. Tuggade långsamt. Såg på dem båda. Hans röst var stilla men fylld av något bestämt:

– Det är inte säkert. Det är inte lätt. Men jag tänker inte stanna här och vänta på att världen ska bli mänsklig. Jag tänker röra mig. Jag tänker överleva.

Sara såg på honom nu. Och för första gången, en liten rörelse i mungipan. Inte riktigt ett leende. Men ett gensvar. En början.

Stjärnorna

Ä ggskalen låg hopskrapade vid sidan av eldstaden. Elden sprakade fortfarande, men lågorna var mindre nu, de viskade mer än de pratade. Sara drog filten tätare omkring sig och reste sig långsamt.

– Jag tror... jag behöver lägga mig, sa hon lågt. – Jag är trött.

Celina nickade mjukt. Casper reste sig upp och gav henne en av vattendunkarna.

– Sov gott, sa han.

Sara svarade med en svag nick, och gick långsamt bort mot tältet. Hon försvann mellan träden, och endast tygprasslet hördes när hon öppnade tältduken.

Kvar var bara de två.

Celina satt på huk, stirrade in i elden. Casper satt bredvid, med armbågarna mot knäna, händerna sammanflätade. Tystnaden mellan dem var inte tom. Den var tillåtande.

– Varför letar du efter din pappa? frågade hon till slut, utan att titta på honom.

Casper svarade inte direkt. Han drog in lite rök i näsan, blinkade långsamt, som om han behövde samla ihop minnet innan han lät det bli till ord.

– När jag var barn... tog min mamma mig med sig. Hon och min pappa... de skildes, men det var ingen vacker separation. Det var... som att han bara försvann från våra liv.

Han vred lite på en sten med foten.

– Och han kom aldrig tillbaka.

Celina såg på honom nu. Hans ansikte var stilla, men något darrade i röstens grundton.

– Han försökte aldrig få kontakt. Aldrig ett brev. Aldrig en fråga. Inte ens ett foto. Jag växte upp och undrade: Vad var det för fel på mig?

– Varför letade han inte efter mig?

Elden reflekterades i hans ögon, som ett litet brinnande hav.

– Och mamma... hon var där, men ändå inte. Hon drack. Inte hela tiden, men tillräckligt. Ibland var hon min bästa vän. Ibland var hon som ett barn jag var tvungen att ta hand om.

Han skrattade tyst, men det fanns ingen glädje i det.

– Jag kände mig vuxen redan som tioåring. När jag var arton, lämnade jag henne. Packade mina grejer i en väska och sa att jag inte ville leva det livet längre.

Celina sa ingenting. Hon såg på honom som om varje ord var heligt. Som om hon hörde det han inte sa också.

– Och nu, sa han och drog fingrarna genom håret, – nu när jag är äldre... vill jag hitta honom.

– Inte för att få något. Inte för att bli hel.

– Men för att... förstå.

Han såg på henne för första gången under hela berättelsen.

– Jag vill fråga honom: Varför var du aldrig där?

– Varför letade du inte efter mig?

– Vad var det som fick dig att glömma ditt eget barn?

En lång tystnad följde. Sedan sa han:

– Och jag vill förlåta honom. Jag vet inte om jag kan. Men jag vill försöka.

Celina kände hur något rörde sig i henne. Hon såg på honom, på hans händer, hans hållning, hans ögon som bar åratal av kamp. Men ändå satt han här. Med öppna händer. Med liv kvar i blicken.

– Du är stark, viskade hon. – Du har en krigare i dig.

Han skrattade lågt, ett riktigt skratt den här gången.

– Jag vet inte. Jag är bara en överlevare.

– Det är ibland samma sak, sa hon.

De satt stilla. Elden sprack till, kastade skuggor över deras ansikten. Stjärnorna blinkade mellan trädgrenarna.

Casper vände sig mot henne, allvarlig igen.

– Jag förstår inte… hur du får mig att öppna mig så här.

Hon såg frågande på honom.

– Jag gillar inte att prata om mig själv. Jag hatar det, faktiskt. Men med dig… det bara… kommer.

Celina log, sakta.

Han sträckte sig fram. Tog tag i hennes tröja, drog henne långsamt mot sig. Deras kroppar möttes, hennes panna mot hans bröstkorg. Hans armar slöt sig runt henne, stadigt men varsamt. Hon lät sig hållas. Vilade händerna mot hans rygg. Sedan lyfte hon sig på tå. Bara några centimeter. Och där, mitt i skogen, i eldens sista glöd, under trädens väv av mörker och ljus, möttes deras läppar. Långsamt. Längtan i varje rörelse. Och tystnaden omkring dem var full av mening.

Morgonljus

D et första Casper kände var värmen. Inte från solen, den hade knappt hunnit visa sig än, utan från henne. Hon låg tätt intill honom, en arm draperad över hans bröst, hennes ben lindade runt hans. Hennes andetag var djupa, långsamma, rytmiska. Som om världen utanför inte existerade. Han låg stilla.

Hans blick följde linjerna av hennes kropp där filten glidit åt sidan. Hud mot hud. De mörka lockarna vilade över hennes kind och axel, som vild vinranka i skymningsljus. Han rörde inte vid henne, inte än. Bara såg. Bara andades henne in. Om tiden kunde stanna... just här. Hennes ögonlock fladdrade.

Och så... långsamt, öppnades de. De möttes. Blick mot blick.

– God morgon, viskade han.

Hon log.

– God morgon.

– Vill du ta ett morgondopp? frågade han.

Celina nickade, mjukt.

– Gärna.

De reste sig. Tyst, skrattande mellan sig, samlade de ihop kläder och en tunn handduk. Morgonen var ännu fuktig, men vinden var mild. De sprang barfota genom skogen, över stigen de nu kunde utantill, tills den öppnade sig mot sjön.

Bryggan låg där i stillhet. Vattnet glittrade svagt i gryningsljuset. De stannade. Såg ut över det spegelblanka vattnet. Andades in. Sedan släppte de kläderna. Nakenhet utan rädsla. Bara frihet. De tog sats och sprang ut på bryggan, skrattande, skrikande till varandra, och hoppade i samtidigt.

Kylan slog till först, som ett slag över bröstet. Men sedan... livet. De dök upp vid ytan, flämtande, skrattande. Casper simmade fram till henne. Lade armarna omkring hennes midja, drog henne intill sig. Deras kroppar möttes under vattnet.

– Du är min black swan, viskade han i hennes öra.

Hon stelnade till en sekund. Drog sig lite undan och såg på honom med allvar.

– Jag vill inte att du kallar mig det.

Han höjde ögonbrynen.

– Okej... vad vill du att jag kallar dig då?

Hon tvekade, log snett.

– Jag vet inte.

– Då får jag väl kalla dig coconut head, då, sa han och flinade.

Hon brast ut i skratt. Och innan han hann reagera kastade hon sig mot honom, brottade ner honom i vattnet. De skrattade högt, rullade runt, vattnet stänkte åt alla håll. Han försökte få grepp. Hon vred sig fri. Tills de båda flöt uttröttade vid bryggan, andfådda och blöta.

Solen hade nu börjat bryta fram bakom trädtopparna. Guldglittrande över vattenytan. Fåglarna hade vaknat.

De satt tätt ihop, invirade i filtar. En liten portabel termos stod mellan dem. Kaffet ångade. Doften blandade sig med sjön, träet, morgonens löfte. Celina tog en klunk, lät blicken vila på horisonten. Sedan sa hon, utan att vända sig mot honom:

– Jag följer gärna med dig till Sverige.

Casper blev stilla. Sedan log han. Han sa inget. Han tog bara hennes hand i sin. Och tillsammans såg de solen stiga, som om den steg för dem.

Tomater och stjärnor

Hungern låg som en tyst skugga över lägret. Inte i ord, ingen klagade längre, men i ögonen. Blickar som fastnade vid andras brödbitar. I de magra händerna som vände på samma plastpåse flera gånger, som om något nytt kanske dykt upp där inuti.

Kvällen föll sakta. Himlen blev mörkare, men eldarna brann inte. Ingen ville slösa på ved. Ingen hade något att laga. Sara satt hukad vid en gammal filt, Casper mittemot. Tystnaden mellan dem var inte tom, bara trött.

Då kom Celina. Hon lutade sig ner, viskade:

– Följ med mig.

– Men säg inget till de andra än.

Båda såg förvånade ut, men reste sig utan att fråga mer. De följde henne genom skogen, nerför en liten stig, förbi ett dike och över ett fält. Deras fotsteg var tysta, men pulsen slog hårt. Det fanns alltid en oro. Att bli upptäckt. Att det var ett misstag. Att någon väntade på andra sidan.

Men det som väntade, var färg. En enorm farm, ett öppet hav av köksträdgård. Tomater som glänste rött och orange, hängande i klasar. Zucchini som låg tunga vid rötterna. Salladshuvuden, grönkål, bönrankor som slingrade sig längs trägärden.

– Herregud, viskade Sara.

Casper bara log.

Celina såg på dem, nästan stolt.

– Plocka. Ät. Men var försiktiga.

De gick först försiktigt mellan raderna. Men när de såg att ingen verkade vara där, tog de mer mod till sig. Plockade tomater, bet direkt i dem. Saften rann längs hakan, men ingen brydde sig. Det var det godaste de hade smakat på dagar. De skrattade lågt, viskande. Skämtade om att bli jagade av en gammal fransk bonde med högaffel.

– Kom igen, ta några till, viskade Celina. – Vi delar med oss sen.

De fyllde tygpåsar, jackfickor, knöt tröjärmar fulla med zucchini och gröna bönor.

Och sen, som på given signal, de började springa.

Det fanns ingen bakom dem. Inga skrik. Ingen som följde efter. Men ändå sprang de. För att hjärtat slog. För att det kändes som barndom. För att skrattet bubblade ur dem som något de inte haft råd med på länge. De skrattade hela vägen tillbaka. In i skogen. Över fältet. Ner till lägret.

Senare – Stjärnorna

De hade delat ut grönsakerna. Några barn fick tomater i handen, tuggade dem som äpplen. En gammal kvinna tackade Celina med ögon som glittrade. Nu satt Casper och Celina lite vid sidan, på en filt, under himlen. Det var mörkt. Men stjärnorna, oändliga. Det kändes som om himlen öppnade sig, viskade något de ännu inte kunde förstå.

Casper såg på henne. Hon satt med knäna uppdragna, armarna runt benen. Hennes hår låg som ett mörkt moln över ryggen. Hon hade jord under naglarna, gräs på armbågen, ett skratt kvar i mungipan.

– Du är galen, sa han.

Hon vände huvudet.

– Du är galen, annorlunda, inte som någon annan. Du är inte normal.

Hon höjde ett ögonbryn.

– Jag menar det på det bästa sättet, sa han snabbt. – Du är… annorlunda. Du är modig. Passionerad. Stark. Lite galen. Men det finns något i dig. Något jag inte förstår.

Han såg upp mot himlen. Sedan tillbaka på henne.

– Jag undrar… vad har du gått igenom som gjort dig så här?

Han väntade.

– Jag vill veta din berättelse.

Celina vände blicken mot honom. Hon sa inget. Inte än. Men ögonen vilade kvar vid honom längre än vanligt. Och i tystnaden mellan stjärnorna, kanske började hon överväga att berätta.

Mardrömmen

T ältet var tyst, men luften var tät. Fuktig efter nattens regn, jordens doft trängde upp genom markduken. En gren gnisslade långsamt i vinden någonstans utanför. Casper låg stilla. Andades lugnt. Hans hand vilade nära Celinas. Hennes axel rörde sig med varje andetag. Sedan, ett ryck.

– Nej! NEJ! Skrek hon.

Casper for upp. Celina satt upp, kroppen skakande, ögonen vidöppna men inte närvarande. Svetten glänste i pannan. Hon flämtade, försökte dra luft men det fastnade i halsen.

– Celina! viskade han. – Det är okej. Du är här. Det är natt. Du är trygg. Du är med mig.

Hon blinkade. Tårar bröt fram utan ljud. Han satte sig bakom henne, la armarna försiktigt runt hennes bröstkorg och drog henne in mot sig. Höll henne där. Lät hennes hjärta slå mot hans bröst.

– Jag drömde… viskade hon, som om orden pressades genom grus.

Casper sa inget. Väntade.

– Jag var tillbaka där… i demonstrationen.

– Jag såg henne igen... Neda. Min vän. Hon stod framför mig. Vi höll plakat. Vi ropade, vi sjöng. Vi trodde vi skulle förändra något.

Hon tryckte händerna mot ansiktet, men fortsatte:

– Jag såg kulan. Den kom så snabbt. Den tog henne rakt i pannan. Hon föll bakåt mot mig. Det var blod överallt. Jag slet av min sjal, försökte stoppa blödningen. Men det bara rann. Hon tittade på mig... sen såg hon mig inte längre.

Hon tystnade. Casper höll henne ännu närmare nu. Hans hand vilade över hennes hjärta.

En lång tystnad följde. Sedan, som viskningar i mörkret, började hon tala, inte om drömmen, utan om livet.

– Jag lämnade hemmet när jag var tonåring. 16 kanske. Min styvpappa... vi kom aldrig överens.

– Jag packade mina grejer. Jag gick. Ingen försökte stoppa mig.

Casper lyssnade. Höll andan.

– Jag sov i min väninnas källare. Jag ljög för människor, sa att jag var 19. Fast jag bara var ett barn. Jag jobbade på caféer, städade, delade ut reklamblad. Och jag pluggade. På nätterna, i trappuppgångar, i källare. Jag klädde mig som en kille för att slippa bli rörd. Det var mitt sätt att överleva.

Hon lutade huvudet mot hans axel.

– Till slut hyrde jag ett rum. Ett riktigt rum. Jag köpte min första egna säng. En kaffemaskin. Jag började leva, Casper. Sakta. Jag köpte ett litet hus vid havet. Jag lärde mig köra bil. Och så började jag på universitetet.

Hon skrattade till, ett hest, bittert skratt.

– Min bästa vän där... han blev kär i mig. När jag inte besvarade det... så avslöjade han mig. Han sa vem jag var. Vad jag hade gjort. Att jag ledde en rörelse. Vi var 800 personer till slut, individer hungriga efter frihet. Vi började som sju. Vi ville väcka kvinnor. Få dem att förstå att det de kallade demokrati... bara var en annan sorts boja.

Casper såg på henne. Hans blick var inte fylld av chock, bara respekt.

– Och efter det... jag var tvungen att fly.

Hon tystnade. Bara andetag nu. In och ut. In och ut.

Casper strök bort en lock från hennes kind.

– Jag visste att du bar något stort, sa han tyst. – Men jag visste inte att du bar hela världen.

Hon såg upp på honom. Ögon mötte ögon.

– Jag överlevde, sa hon. – Men jag dog lite varje gång jag blev tyst.

"Jag dog lite varje gång jag blev tyst."

Casper höll henne tyst i sina armar. Hennes ord ekade fortfarande mellan tältduken och stjärnorna utanför. Luften mellan dem var tung, men inte kvävande, den bar på något nytt. Något naket. Sant.

– Nu är du inte tyst längre, sa han igen, ännu mjukare.

Celina drog in ett djupt andetag. Det skälvde till i bröstet, som om kroppen försökte förstå att det var okej att andas.

– Det har tagit tid, viskade hon. – Jag brukade tro att styrka var att tiga. Att aldrig gråta. Att aldrig be om hjälp.

Casper förde handen över hennes rygg, långsamt, i samma rytm som hennes andetag. Hon lutade huvudet mot hans hals.

– Men det är inte sant, fortsatte hon. – Styrka är att orka säga sanningen. Fast den skakar. Fast rösten brister. Fast man hellre hade flytt.

Casper höll henne närmare nu. Hans kind mot hennes panna.

– Jag har aldrig träffat någon som du, sa han. – Du skrämmer mig. Inte för att du är farlig. Utan för att du får mig att vilja vara modig.

– Som om din närvaro drar ut sanningen ur mig också.

Celina log, trots tårarna.

– Jag vet inte varför… men med dig känns det okej att visa vem jag är.

En tyst sekund. Sedan:

– Jag vill att du ska veta allt, Casper. Inte för att du måste… men för att jag inte längre vill bära det ensam.

Han svarade inte med ord. Han tryckte bara hennes panna lätt mot sin. En tyst bekräftelse.

– Du har överlevt helvetet, sa han. – Och ändå är du här. Leende. Andandes. Hjärtat öppet.

– Det finns ingen styrka större än det.

Hon såg på honom. Ögonen fortfarande blanka, men klarare.

– Tror du det finns plats för någon som jag? frågade hon lågt. – I en värld som fortfarande blundar?

– Ja, sa han enkelt. – Men det är inte världen som ger dig plats. Det är du som skapar den.

De låg kvar så. I mörkret. Inte som två trasiga människor, utan som två som börjat sy ihop sig själva, stygn för stygn.

Tältet andades tystnad igen. Men den här gången var det en stillhet som höll om dem båda.

Rosa rosor &
saffransrisotto

L ägenheten doftade svagt av parfym och nybryggt kaffe. Venus stod framför spegeln i hallen, drog borsten försiktigt genom håret. Hennes ögon var lugna, men något vibrerade i kroppen, som om varje rörelse bar på laddning. Hon valde långsamt sina kläder: den beige klänningen i linne, den hon älskade för att den fick henne att känna sig stadig och fri på samma gång. Hon målade ögonfransarna långsamt. Ingen dramatik. Bara tydlighet. Sedan tog hon väskan och gick ut.

Vid blomsteraffären stannade hon. Hon visste redan vad hon skulle ha. Hon bad inte om råd. Bara pekade på de rosa rosorna, mammas favorit. Hon valde dem med omsorg. De skulle vara fulla, men inte tunga. Som liv i blom.

Den italienska restaurangen låg inbäddad mellan olivträd och puttrande stadsljud. Doften av vitlök och basilika mötte henne redan vid trottoaren. Hon såg sin mamma redan på håll.

Hon stod vid dörren. Rakryggad. Klädd i vitt och beige, med det blonda håret uppsatt, men några lockar ramlade mjukt längs nacken. Hon såg stark ut. Som en kvinna som gått genom stormar och ändå stod kvar. Venus stannade. Hon betraktade henne tyst. Något bultade inuti.

Mamma. Min mamma. Hon gick långsamt fram. Mötte hennes blick.

– Hej mamma, sa Venus mjukt och räckte över rosorna.

Mamman log. Tog emot dem. Deras ögon möttes. Där fanns inga anklagelser längre. Bara tid.

– De är underbara. Tack, älskling.

De satt vid ett bord i skuggan. Rödvitrutiga dukar, små karaffer med olja och citron. Servitören kom med vatten, bröd och deras beställningar. Venus fick in sin saffransrisotto med lax. Ångan steg upp från tallriken som ett mjukt moln. Hon tog en tugga. Blundade.

– Det är perfekt. Saffranen är som varm sol. Och laxen... mjuk men stadig.

– Du har alltid haft ett poetiskt sätt att prata om mat, sa mamman och log.

De skrattade båda.

Sedan, tystare:

– Hur mår du... egentligen? frågade mamman.

Venus andades in, såg ut över uteserveringen. Såg tillbaka.

– Jag mår bra. Jag... försöker. Adam... han kämpar. Han har slutat dricka. Men han är inte där med mig. Inte längre. Han har blivit tyst.

Innesluten. Jag förstår honom… men jag vet inte om jag vill vara kvar där jag inte får plats.

Mamman lyssnade. Hon avbröt inte.

– Jag känner att något håller på att förändras i mig, fortsatte Venus.
– Jag har börjat se på allt annorlunda. På kärlek. På mig själv. Jag vet inte vart det leder, men… jag känner mig lite vilsen.

Hennes mamma lade ner besticken. Tog hennes hand över bordet.

– Vet du, sa hon tyst. – Jag är också där. Jag har gått i terapi i tre år nu. Hos en fantastisk psykolog. Jag har börjat hitta inåt. Lugnet. Jag är inte längre i kamp med mig själv. Jag är tacksam för varje dag. För solen, för stillheten, för att jag får vara med dig just nu.

Venus blev stilla. Hennes ögon blänkte till.

– Du har förändrats, mamma. Det känns. Och jag… jag är så stolt över dig.

– Och jag är stolt över dig, sa hennes mamma. – Du har alltid varit stark. Självständig. Men vet du… ibland är det starkaste vi kan göra att erkänna att vi inte vet. Att vi är vilsna.

Hon tryckte Venus hand.

– Det är då vi är öppna. Det är då livet hittar in.

Venus log. Och i det leendet fanns både sorg och lättnad.

– Jag vet inte vart jag ska… men kanske är det okej.

– Kanske är det dags att bara gå med flödet ett tag.

– Precis, sa hennes mamma. – Lita på att nästa kapitel kommer till dig. Du behöver inte veta allt nu.

De åt i stillhet en stund. Smakerna, dofterna, samtalet, allt var som en öm symfoni av försoning.

Sjön och svaret

När lunchen var slut kramade Venus sin mamma länge. De stod
där vid trottoaren, med restaurangens vinranka hängande
över entrén som en grön gardin.

– Jag tar bussen hem, sa hennes mamma.

– Jag promenerar, svarade Venus. – Jag vill gå en stund.

De kramades igen. Det fanns något nytt i omfamningen, något mjukt
och starkt på samma gång. Ett farväl, men också ett hej. Venus stod
kvar ett ögonblick efter att hennes mamma gått, med rosens doft
fortfarande kvar i näsan. Sedan började hon gå.

Stadens ljud följde henne en bit, klackar mot gatsten, en
cykelringklocka, röster från ett öppet kafé. Men så svängde hon av,
in i parken. Där blev allt tystare.

Hon följde stigen längs sjön. Träden stod i sina höstkläder, brinnande
orange, guldgul, djupröd. Vattnet låg spegelblankt. Luften var hög
och klar, med ett sting av kyla som bet försiktigt mot kinden. Hon
satte sig på en bänk vid sjön. Drog in ett djupt andetag. Höstens doft,
jord, löv, friskhet.

Jag älskar hösten, tänkte hon. Den känns som sanning. Den klär inte ut sig. Hon lät blicken vila på vattnet. Det fanns ingen annan där. Bara fåglar som flöt i tyst formation och vinden som krusade ytan ibland, nästan som ett andetag. Tankarna kom, inte som storm, utan som mjuka steg.

Att möta mamma… det gjorde något med mig. Det gav mig styrka. Som om en dörr öppnades inom mig igen. Hon följde tankarna. Tittade inte bort från dem. Hon ställde frågorna, högt för sig själv i huvudet:

Vad är det jag egentligen vill? Vill jag vara kvar i det här? Vill jag verkligen fortsätta den här relationen?

Hon svarade inte direkt. Lät frågorna få eka. Älskar jag honom? Eller har jag försökt rädda honom? Har jag stannat kvar för att jag sett hans sår, och inte kunnat låta bli att försöka laga dem?

Hon kände hur ögonen blev fuktiga, men hon grät inte. Vi kan visa vägen… men vi kan aldrig förändra någon annan. Hoppet är inte alltid en vän. Ibland är det ett gift. Ett vackert gift som får oss att stanna när vi borde gå. Hon slöt ögonen. Lyssnade inåt. Jag känner mig ensam. Jag har känt mig ensam länge, även när han varit där.

Det är inte kärlek jag känner, det är sorg över vem han kanske hade kunnat bli. Hon andades in igen. Djupare den här gången. Hela bröstkorgen fylldes. Hon andades ut. Och i utandningen, kom svaret. Tyst, men glasklart. Det är dags för förändring.

Hon öppnade ögonen. Solen bröt fram mellan grenarna och spelade över vattnet i små guldfläckar. Löv föll sakta, som om världen blinkade långsamt omkring henne. Hon reste sig. Inget var tungt längre. Axlarna var lätta. Stegen säkra. Hon visste inte exakt vad nästa steg var, men hon visste vad det inte var. Hon gick hem med ett nytt lugn i kroppen. Inga förklaringar. Ingen panik. Bara en djup visshet: Jag vet nu.

Spegeln av henne

D et var sent på eftermiddagen. Solen hade börjat sjunka, men himlen brann fortfarande i svaga rosa och blå toner. Sjön låg stilla, nästan orörlig. Bara en lätt krusning från vinden, som smekte ytan som om den visste att det fanns sorg där under.

Sara satt ensam på en stor sten vid vattnet. Armarna om knäna, ryggen lätt framåtlutad. Hennes jacka var uppknäppt, som om hon inte orkade skydda sig längre. Hon stirrade på sjön. Men hon såg inte bara vattnet. Hon såg Leila. Leila som skrattade. Leila med håret fladdrande i vinden när de sprang tillsammans genom fältet i Turkiet. Leila med ögonen fulla av drömmar och planer.

"Jag ska ha tre barn, Sara. Tre! En hund också. Och en liten trädgård. Och ett körsbärsträd."

Sara log till, en sprucken, sorgsen rörelse i mungipan.

Det blir inget körsbärsträd, Leila. En tår rann tyst över kinden, och hon torkade den inte bort. Hon såg vågorna spegla himlen. Där fanns Leila också. I varje skiftning, i varje ljusfläck på vattenytan.

Var är du nu, Leila? Är du kvar hos mig?

Hon drog fingrarna över en slät sten vid fötterna, som om hon ville hålla sig kvar vid något verkligt. Tankarna snurrade. Inte som en storm, snarare som regn som aldrig riktigt slutade falla.

– Du skulle ha levt, viskade hon. – Du skulle ha sett London. Fått dina barn. Ditt körsbärsträd.

Hennes röst brast. Hon tog ett djupt andetag. Höll det. Släppte ut det långsamt, som om hon släppte ut smärtan med det.

– Jag är ledsen att jag inte kunde rädda dig. Jag försökte. Men havet var starkare än jag.

Hon satt tyst igen. En and, ensam, gled förbi i vattnet. Den skapade små cirklar som växte långsamt utåt. Precis som sorgen. Sara slöt ögonen. Leilas röst ekade i henne. Leilas skratt. Leilas sätt att säga hennes namn. Hon lutade huvudet mot knäna. Och i det där ögonblicket, där himmel mötte sjö, där sorgen inte behövde förklaras, där tiden stod still, fick Sara tillåta sig att sörja. Riktigt sörja. Inte bara minnas. Inte bara stå ut. Utan tillåta sig att gå sönder. En stund. För att kunna hela.

Ljudet var mjukt men tydligt. En rörelse i löven bakom henne. Hon öppnade ögonen långsamt. Blicken bröts från vattnet.

Hon vände sig om. Celina kom gående mellan träden, löven prasslade under skorna. Solen sken genom grenverket och lyste upp hennes lockiga hår som ett eldsken. Hon log, stort, varmt, fullt av liv.

– Jag visste att jag skulle hitta dig här, sa hon.

Bakom henne dök Casper upp, med händerna i fickorna och ett tyst nickande leende. Sara torkade bort en ensam tår och försökte dra på mungipan. Hon sa inget, men flyttade lite på sig på stenen. Celina satte sig bredvid. Casper slog sig ner på marken framför dem. En stund sa ingen något. Tystnaden var inte pinsam. Bara mjuk.

En anka gled förbi ute på vattnet. Den dök med huvudet före, sprätte upp vatten som glittrade i solen. Vattnet rörde sig i ringar, växte och växte.

– Kolla den där, sa Casper och pekade. – Jag tror den har bättre teknik än mig.

De skrattade. Celina lutade huvudet mot Saras axel.

– Minns du när vi försökte simma ikapp änderna? sa hon och flinade.
– Vi blev så kalla att vi skakade i tre timmar efteråt.

– Men vi vann ändå, sa Sara lågt. – Vi skrämde bort dem.

– Räknas det? sa Casper och skrattade.

Han plockade upp en slät sten, vägde den i handen och kastade den. Den studsade tre gånger innan den sjönk.

– Tre, sa Celina. – Okej. Min tur.

Hon kastade, fem studs.

– Fem! sa hon och höjde ögonbrynen triumferande.

– Jag har inte ens börjat, sa Sara, tog upp en sten och kastade. Den studsade... en gång.

– Okej. Idag är jag bara sorg, sa hon torrt.

De skrattade igen.

Luften var kall, men deras närvaro värmde. Och i Saras bröst började något lossna. Inte försvinna, men lossna. Efter ett tag tystnade de. Det var Celina som först bröt stillheten:

– Vi måste nog snart göra oss redo.

Casper nickade.

– Det blir kallare. Och det kommer inte bli lättare. Vi har pratat med några andra… det finns en chans. En transport från ett lagerområde utanför stan.

– Lastbilarna? frågade Sara.

– Ja, svarade Casper. – Vi måste ta oss dit i natt. Vi vet inte exakt när de går. Men om vi gömmer oss bakom… kanske vi lyckas. Det är farligt. Men det är något.

De satt tysta igen. En ny ring bildades på vattnet när ännu en anka dök ner. Sara såg på den. Såg hur vattnet slöt sig igen, utan att lämna ett spår. Men något i henne visste att Leila var med. Inte kvar i kroppen. Men kvar i viljan att leva.

Skogen viskar ditt namn

C elina behövde luft. Hon behövde bort. Från lägret, från gråten, skratten, diskussionerna, barnens rop, vuxnas oro. Hon älskade människorna, men ibland blev deras närhet ett brus i hennes inre. Hon behövde tystnaden. Hon behövde sig själv.

Hennes kängor smög över stigen. Marken var täckt av löv i rött, gult, orange. Träden sträckte sig höga runt henne, som väktare. Himlen var dämpad, och det sista ljuset bröt igenom grenverket i mjuka skiftningar. Hon andades in djupt. Doften av jord, av förmultnande löv, av kall fuktig mossa. Höstens andetag. Hon stannade. Blundade. Lyssnade. En fågel ropade högt i fjärran. En annan svarade. Löv rörde sig svagt, viskande. Här är jag trygg, tänkte hon. Här får jag bara vara.

Hon gick vidare, långsamt. Lät handen stryka längs en trädstam. Tittade på färgerna som smälte samman, som om naturen målade utan gränser. Då, ett ljud. En kvist som knäcktes bakom henne. Hon log.

– Jag vet att du är där, sa hon utan att vända sig. – Och jag vet att du smyger.

Ett skratt bröt fram. Casper hoppade fram bakom ett träd, med händerna höjda.

– Du har för bra hörsel, sa han.

– Du har för dålig smygningsförmåga, sa hon och flinade.

Han kom närmare. Lade armarna om henne bakifrån. Hon kände hans värme mot sin rygg, hur han lutade hakan lätt mot hennes axel.

– Du vet att jag inte tycker om när du går ensam så sent, viskade han.

Hon vickade på höfterna, vred sig fri, och med ett skratt kastade ner honom på marken. De rullade runt i löven, skrattande. Han försökte få grepp, hon vred sig. Hon hamnade ovanpå, sen han, sen båda på sidan, andfådda, leende. Casper höll hennes handleder och flämtade:

– Jag har aldrig träffat en kvinna som är så stark.

– Tydligen inte stark nog för att ta mig loss just nu, svarade Celina, flämtande men med glimten kvar i ögat.

De låg stilla ett ögonblick. Nära. Deras andetag synkade. Han såg på henne.

– Du har vackra ögon, viskade han.

Celina blev tyst. Blicken mötte hans. Något skiftade mellan dem. En stillhet. En närvaro. Som om världen tystnat för att lyssna.

– Varför smög du efter mig? frågade hon tyst.

– För att jag inte vill att du ska vara ensam här ute. Inte när det är mörkt.

– Jag vet att du inte behöver mig. Men… jag vill vara där ändå.

Hon teg. Hjärtat slog lugnare nu. Hon kände det, tryggheten i hans röst. I hans närvaro.

– Tror du att jag behöver skydd? sa hon, halvt retsamt.

– Nej, svarade han. – Men jag behöver få hålla dig.

Han lutade sig fram och kysste henne på pannan. Långsamt. Sedan på näsan. På läpparna. Deras andetag blandades. Hans händer vilade lätt mot hennes höfter. Sedan kyssade han hennes hals, hennes öra, långsamt, med värme. Inget bråttom. Bara kontakt.

Celina slöt ögonen. Det är som att våra energier smälter samman. Det känns… som att jag redan har känt honom. Som att han funnits i ett tidigare liv. Hans närhet var inte påträngande. Den var trygg. Hennes kropp svarade med tillit. Inget försvar, inget spel. Det här är inte en man. Det här är en själ som min själ känner igen. De låg kvar så, i löven, medan kvällen sakta föll omkring dem. Deras andetag var tysta nu. Inget mer behövde sägas. I hans famn var hon bara Celina. Inget förflutet. Inget flykt. Bara nu.

Morgoneld och
ett beslut

E tt svagt ljus silade in genom tältduken, som en mjuk viskning från morgonen. Luften var kylig, men klar och bar på den där speciella doften av fuktig jord, löv och aska. Tystnaden låg tät, men inte tom. Den var full av väntan.

Casper drog långsamt upp dragkedjan till tältet och stack ut huvudet. Den gamla elden från kvällen innan hade slocknat, men ur askan steg fortfarande tunna slingor av rök, som om glöden drömde vidare i hemlighet.

Han reste sig, sträckte ut ryggen och drog jackan tätare omkring sig. Marken var täckt av löv, guldgula, rostbruna, vinröda, som ett hav av tyst rörelse. Luften var tung av höst. Casper gick med tysta steg mot eldstaden, samlade torra kvistar och bark, och blåste liv i lågorna igen. Först knappt synligt, sen en blå skiftning, ett sprak, och så värme.

Han tog fram pannan, hällde i vatten och kaffe. Doften steg långsamt, tung och bitter, blandad med röken, en doft som fick allt att kännas riktigt. Bredvid honom, på en bit tyg, låg en liten hög av mjöl, det sista han hade sparat. Han betraktade det en stund, nästan med vördnad, innan han hällde det försiktigt i en kåsa. En skvätt vatten. En nypa salt. Han blandade det med fingrarna, varsamt, metodiskt, tills det blev till en klibbig massa. Han knådade med båda händerna, tryckte, vek, tryckte igen. Hans panna var lätt fuktig av värmen från elden.

Från glöden lyfte han försiktigt en platt sten, grå med ljusa sprickor, och lade den mitt i elden. Sedan formade han små runda bitar av degen, plattade till dem med handflatan och la dem på stenen. De började resa sig långsamt, svälla, spricka lätt i ytan. Doften som spred sig var mjuk, varm, som en stilla belöning. Doften av nybakat spred sig över lägret.

Ett ljud bakom honom. Casper vände sig om, och såg Celina. Hon satt vid tältöppningen, insvept i filt, lockarna föll ner längs axlarna, och i hennes ansikte fanns ett leende som inte behövde ord. Bredvid henne stod Sara, barfota, med armarna korsade över bröstet, håret i oreda, blicken vänd mot elden.

– Det luktar nybakat bröd här, sa hon dröjande, nästan förvånat.

Casper skrattade till och kastade ett öga mot stenarna där bröden fortfarande växte.

– Det är inte svårt att göra er glada, sa han. – Ni uppskattar det enkla. Kaffedoft. Eld. Bröd som puffar upp över glöden.

Celina följde hans blick, och såg bröden på stenen. De såg nästan levande ut, runda, varma, med ånga som steg från sprickorna. Hon log långsamt, och något mjukt gled över hennes ansikte.

– Du bakar på sten… sa hon tyst, nästan vördnadsfullt.

– Det är vad vi har, svarade Casper enkelt.

De satte sig tillsammans runt elden. Inga stolar, inga bord. Bara marken, värmen, och brödet. Casper räckte dem varsin mugg kaffe. Ångan steg upp och blandades med morgonens stilla dimma. Fåglar hördes långt borta, som om de viskade mellan grenarna. De åt långsamt. Brödet var enkelt, men perfekt, knaprigt i kanterna, mjukt inuti, med en svag smak av rök och höst. Det fanns inget att säga just då. Bara närvaron. En stillhet som fyllde allt.

Men efter ett tag, när elden sprakade lite högre och kaffet nästan var slut, bröt Casper tystnaden.

– Ikväll... sa han, utan dramatik. – Då ger vi oss av.

Sara såg ner i koppen. Celina blåste på sitt sista kaffe. Hon sa inget. Hon visste redan.

Casper fortsatte:

– Lagerområdet utanför stan. Vi har pratat med de andra. Det finns en chans att gömma oss bakom lastbilarna. Det är farligt, men det är något.

Ingen panik. Inget onödigt. Bara tyst förståelse. De drack det sista kaffet. Och i skogens kalla andedräkt, bland färgstarka löv och doften av nybakat bröd, tog ett nytt kapitel sin början, inte i rörelse än, men i hjärtat.

Sanningar i regnet

V enus stod i köket. Fötterna nakna mot det kalla golvet. Hon hade satt upp håret i en lös knut, några lockar hängde ner längs nacken. På sig hade hon en vit linneskjorta och ljusgrå mjuka byxor, nya, men enkla. Hon tittade i spegeln som hängde i hallen, drog med fingertopparna över kinden. Ett tunt lager parfym, bara en antydan. Hon andades in. Sedan gick hon tillbaka till köket.

Där, på skärbrädan, låg färsk lax, gröna sparrisar, citroner och små nypotatisar. Hon skar långsamt. Tyst. Som om varje rörelse höll tankarna på avstånd. Ugnsluckan öppnades med ett suck, värmen slog emot ansiktet. Doften av smör, citron och rosmarin spred sig i rummet. Hon dukade bordet med enkelhet. Två tallrikar. Två glas.

Dörren öppnades. En tung tystnad följde med honom in. Han tog av sig jackan, ställde skorna prydligt, men sa inget. Bara gick in i köket. Hon log, men märkte direkt att något hängde kvar i luften, något som inte ville landa.

Tallrikarna rykte av värme. Smöret smälte över laxen. Men Adam åt inte. Han sköt potatisen lite åt sidan med gaffeln. Svalde hårt.Venus tittade på honom.

– Jag har märkt att du undviker mig, sa hon lågt. – Du är tyst. Du ser inte på mig. Jag känner att du försvinner från mig.

Han sa inget först. Bara stirrade på tallriken. Sedan, nästan viskande:

– För att jag skäms.

Venus rynkade ögonbrynen. Hjärtat slog hårdare.

– Vad är det du skäms för?

Adam höjde blicken, och i hans ögon fanns något brutet. Som ett barn som blivit ertappat.

– Jag... Jag kunde inte hålla mig. Jag var på en fest. Det fanns alkohol. Jag försökte... men jag drack. Jag drack för mycket. Och när jag vaknade... låg jag bredvid en kvinna jag inte kände. Jag vet inte vem hon var. Hon sov när jag gick. Och sen... sen gick jag hem till dig.

Venus stelnade.

– Sedan dess... jag har inte kunnat möta dina ögon. För jag skäms. Jag har svikit dig. Jag... älskar dig, Venus. Du är allt jag har. Det här... det här var ett stort misstag. Och jag hoppas... jag hoppas att du någon gång kan förlåta mig.

Venus blinkade. En tår föll, sedan en till. Hon försökte svälja, men det gick inte. En klump i halsen, som växte. Hon reste sig hastigt. Stolen skrapade mot golvet. Hon drog åt sig sin kofta från hallen. Dörren slog igen bakom henne. Hon gick. Och gick.

Regnet började falla. Först lätt, som en viskning. Sedan mer ihållande. Vägarna glänste, ljusen från lyktstolparna speglades i vattenpölar. Hon grät. Högt. Tårarna blandades med regnet, men hon brydde sig inte. Hennes kofta blev tung. Håret klibbade mot kinderna.

Men någonstans, i det där regnet började något lätta. Smärtan fanns kvar, men hon andades lättare. Regnet, som slog mot huden, kändes inte straffande. Det var... renande. Det är som om regnet tvättar min aura, tänkte hon. Det är som om världen hjälper mig bära det här en stund.

Hon stannade under ett träd. Lade handen mot bröstet. Hjärtat dunkade fortfarande hårt. Men tankarna började klarna. Jag behöver tid, sa hon tyst för sig själv. Jag kan inte gå hem. Inte nu. Hon tog fram telefonen. Fingrarna darrade.

– Hej, Sara... Är du hemma?

En kort paus.

– Jag behöver stanna hos dig några dagar.

– Självklart, älskling. Kom. Jag fixar te.

Venus log, mitt i gråten. Tacksamheten värmde. Och hon började gå igen. Mot ljuset i Saras lägenhet. Mot tryggheten. Mot stillheten hon behövde för att förstå vad hennes hjärta viskade.

Där smärtan får rum

K affedoften låg redan i luften. Den blandade sig med värmen
från elementen, det svaga solljuset som sipprade genom tunna
gardiner, och ljudet av vatten som rann från köket.

Venus låg stilla under täcket. Filtarna var mjuka mot huden, men
något inom henne var skört. Bräckligt. En djup inandning. För ett
ögonblick fylldes hela hennes bröstkorg med den där varma, trygga
doften av kaffe. Men innan hon hann tänka vad mysigt… slocknade
något i henne. Hon mindes. Allt.

Det kom som en skugga. Som ett mörker som drog undan marken.
Hennes mage drog ihop sig, och bröstet kändes tungt. Hon öppnade
ögonen, sakta, som om ljuset inte längre förtjänade att mötas. Hon
satte sig upp. Tog några långsamma steg mot köket, fortfarande i
Saras gamla tröja. Axlarna lätt framåtlutade, fötterna ljudlösa.

Sara stod vid spisen, barfota, håret uppsatt i en slarvig knut. Hon
hällde upp kaffe i två koppar utan att säga något. Bara såg på Venus,
med ögon som redan visste. De satte sig vid det lilla runda köksbordet.
En stund gick, utan ord. Bara fåglarna utanför som kvittrade alldeles
för glatt för att förstå sorgen. Venus lyfte blicken. Ögonen var blanka.

– Jag tror… jag har redan lämnat honom, viskade hon. – I mitt
huvud. Länge sen.

Sara sa inget. Hon bara lyssnade. Tyst. Öppen.

– Jag orkade inte mer. Jag har försökt. Gud vet att jag har försökt.

– Men jag drunknar. Och nu… jag kan inte ens bli arg. Jag är bara tom.

En tår föll. Sedan en till. Venus torkade dem snabbt, men det var för sent. Hennes axlar började darra. Hon lade handen mot pannan.

– Det gör ont. Men det är över.

Sara sträckte ut sin hand och lät den vila ovanpå Venus. Fingrarna möttes. Stillhet.

– Ibland… sa Sara mjukt, – är det just tystnaden som visar oss att något är slut. Inte ett skrik. Inte ett bråk. Utan en stilla övertygelse.

Venus andades ut. En darrig, trasig suck.

– Jag ville rädda honom. Men jag tror inte att han vill rädda sig själv.

Sara nickade.

– Kanske måste han först falla. På riktigt.

– Och kanske… kan han bara göra det när du inte längre står där och fångar honom.

Venus tittade ner i kaffekoppen.

– Jag vill inte hata honom. Men jag kommer aldrig kunna älska honom som förut. Något har gått sönder i mig.

– Och jag vet… jag vet att det är dags att gå.

Sara svarade inte. Hon behövde inte.

Utanför rörde sig löven sakta. Ljuset dansade på köksgolvet. Kaffet ångade fortfarande i kopparna mellan dem. Och någonstans, mitt i sorgen, fanns en stilla styrka. Den som kommer när man till slut släpper taget, inte för att man ger upp, utan för att man väljer sig själv.

Jag väljer mig

Mammans armar slöt sig runt henne innan ett enda ord behövde sägas. Venus hade knappt hunnit kliva in genom dörren. Hon bar fortfarande sin jacka, ögonen svullna, kroppen kall. Men mammas famn var varm, stadig, som en plats som inte krävde någon förklaring. Och där, i hennes famn, brast hon. Tårarna kom först i tystnad, sedan i darrande andetag. Mamman höll om henne hårt, smekte hennes rygg långsamt, rörde inte vid tystnaden, utan lät den tala först.

– Vad har hänt, min älskling? viskade hon till slut.

Venus drog sig tillbaka en aning, men lät händerna vila kvar på moderns axlar.

– Jag måste lämna Adam, mamma… Jag klarar inte mer.

En ny våg av tårar.

– Jag älskar honom. Men han drack. Han var med någon annan. Och jag… jag känner att jag håller på att försvinna.

Mammas ögon mörknade, men hennes röst var fortfarande mjuk.

– Du behöver inte förklara mer. Du kan bo här. Så länge du vill. Det här är ditt hem också.

Venus nickade. En suck av lättnad bröt sig ut mellan andetagen. Hon hade hållit ihop så länge. Men nu fick hon släppa.

Venus stod i hallen hemma. Adam var inte där. Lägenheten var tyst, men varje vägg bar på ett eko. Hon andades in och kände en tyngd under revbenen. Hon gick långsamt mot sovrummet.

Väskan stod öppen på sängen. Hon började vika kläderna. Tröja efter tröja. Ett par jeans. En stickad halsduk hon älskade. Allt lade hon försiktigt, som om plaggen bar på ögonblick hon behövde minnas, men också lämna. Hennes fingrar stannade. Blicken drogs mot garderoben bredvid. Hon öppnade den. Adam hade alltid hängt sina skjortor där. En blå skjorta hängde kvar. Hon sträckte sig efter den. Pressade den mot ansiktet. Doften av honom fanns kvar, svag, men levande. Hon slöt ögonen.

– Jag älskar dig, viskade hon. – Men jag kan inte stanna.

– Min självrespekt är större än min kärlek till dig.

Hon höll i skjortan en stund till. Sedan hängde hon tillbaka den. Hon satte sig på sängkanten. Blicken förlorad i golvet. Tankarna virvlade. Hon talade högt, till sig själv, till rummet, till sin inre röst.

– Jag är rädd. Men jag vet att jag måste gå.

– Jag vill inte fastna i någon annans smärta.

– Jag har försökt rädda. Förstå. Förlåta. Men nu... nu behöver jag rädda mig själv.

Hon lade en tröja i väskan, sakta.

– Självkärlek... är att våga gå även när hjärtat vill stanna.

– Jag behöver växa. Och jag kan inte göra det här. Inte längre.

Hans steg i hallen. Tystnaden mellan dem var som en hinna av glas. Han klev in i sovrummet. Stannade. Hans blick föll på väskan.

Han tog ett steg fram. Tårar växte i hans ögon. Han började tala, snabbt, splittrat.

– Snälla… gör inte det här. Jag kan ändra mig. Jag ska bli bättre. Jag älskar dig. Jag klarar mig inte utan dig. Jag…

Han andades häftigt, som om orden kvävde honom. Han slog ut med armarna, gick några steg tillbaka. Blicken flackade. Venus reste sig. Hon var tyst. Hon stod stilla mitt i rummet. Mjuk. Men stadig.

– Jag hör dig, sa hon. – Och jag tror dig. Men det här… det är inte längre vi.

Adam stannade.

– Jag förlåter dig, Adam. Men jag kan inte vara kvar.

– Du behöver vara själv. Du behöver göra det här arbetet ensam.

– Och jag behöver göra mitt. För min skull.

Tårarna rann på hans kinder nu. Men han sa inget. Han bara såg på henne.

– Jag tackar dig, viskade hon, – för det fina vi hade.

– Men det är dags nu. För oss båda.

Hon tog väskan. Drog upp dragkedjan. Gick förbi honom. Stannade i dörröppningen. Han satt på sängkanten. Böjd. Tyst. När hon vände sig om, mötte deras blickar varandra för sista gången.

– Jag förstår, sa han lågt. – Jag respekterar dig.

Venus nickade. Ett sista andetag. Ett sista ögonkast. Sedan gick hon. Och dörren stängdes. Mjukt. Men för alltid.

Slutet som öppnar en ny dörr

Morgonen var stilla i mammans lilla lägenhet. Inget ljud från gatan. Bara tickandet från köksklockan och en svag fågelsång utanför. Doften av nyrostat bröd och mynta-te svävade genom rummet.

Venus satt i soffan med fötterna uppdragna, insvept i en filt. Ögonen fortfarande trötta, men blicken klarare än kvällen innan. Hon följde mamman med blicken, där hon rörde sig i köket, långsamt, omsorgsfullt.

Mamman ställde koppen framför henne och satte sig sedan tyst bredvid. Ingen av dem sa något på ett tag. De bara satt.

Sedan bröts tystnaden, varsamt.

– Du vet… sa mamman, med blicken kvar på koppen, man får börja om.

– Hur många gånger som helst, om det behövs.

Venus lät orden sjunka in. Hon såg ner i det rykande teet.

– Ibland känns det som om jag misslyckats.

– Som om jag förlorade något som jag kämpade så hårt för att hålla ihop.

Mamman vände sig mot henne. Ögonen var varma. Trygga.

– Älskling... att lämna något som gör dig illa... det är inte ett misslyckande. Det är en seger.

– Det är styrka.

Venus blinkade långsamt. En tår smög sig fram i ena ögonvrån.

– Jag ville att han skulle bli bra. Jag ville hjälpa honom.

Mamman sträckte ut sin hand. Lade den ovanpå Venus knä.

– Du kan älska någon djupt och ändå välja dig själv. Det är inte själviskt. Det är självrespekt.

Venus andades djupt. För första gången på länge utan att bröstet kändes som en mur.

– Du har alltid haft något i dig, sa mamman mjukt. – En slags kraft. Något orubbligt, även när du varit skör.

– Du är värdig, Venus. Du är inte någon som ska kämpa för att bli vald. Du är någon som väljer.

Venus försökte svara, men orden fastnade. Så hon nickade. Långsamt. Kände hur något i henne började falla på plats.

– Jag är rädd för framtiden, viskade hon.

– Det ska du vara, svarade mamman. – Men gå ändå. Gå med rädsla, men gå. För du förtjänar mer än att överleva. Du förtjänar att leva.

De satt kvar en stund. Ingen behövde fylla tystnaden längre. Den var inte tung. Den var läkande.

Mamman reste sig, gick till bokhyllan, tog fram ett gammalt kort.

– Här, sa hon. – Det här är du. När du var fem år. Kommer du ihåg den dagen?

Venus log. Ett äkta, mjukt leende.

– Du sprang över hela stranden och vägrade ta på dig skorna. Du ville känna sanden, sa att "jag vill veta att jag lever".

Venus skrattade till. Tårarna rann, men nu var det tårar som renade, inte bröt ner.

– Jag tror… jag behöver hitta tillbaka till den tjejen.

– Hon är kvar. Hon har bara väntat på dig.

Venus lutade huvudet mot mammas axel. Kände tryggheten, lugnet. Och inuti henne fanns en ny ton. En röst hon kände igen. En som viskade: Nu börjar något nytt.

– Du vet… jag tänker ofta på när du var liten. Jag gick i skolan då, kommer du ihåg?

Venus skakade på huvudet och log genom tårarna.

– Du var så liten, kanske tre år. Jag hade inte barnvakt, så du fick följa med till föreläsningarna ibland.

– Och där satt du, bland vuxna människor, alldeles tyst, i början i alla fall. Men så plötsligt, mitt under en lektion… du smög iväg.

– Och så kom du tillbaka, dragandes på en sån där stor golvmopp, en sån man städar korridoren med. Du drog den efter dig genom klassrummet som en liten drottning.

– Alla brast ut i skratt. Till och med läraren. Du stannade framför tavlan, tittade rakt på oss och sa: "Ni har smutsigt golv."

De skrattade tillsammans. Ljudet av skratt i ett kök där det nyss fanns gråt. En värme som bara kan komma från någon som sett en från början, någon som hållit ens hand i livets allra första andetag. Venus såg på sin mamma. En kvinna med rynkor kring ögonen, men med en kraft som inte kunde döljas.

– Tack, mamma, viskade hon. – För att du ser mig. Även när jag inte vet hur jag ska se mig själv.

– Det är det mammor är till för, sa Helena, och höll kvar sin dotters blick. – Och du... du har alltid varit stark. Du föddes med eld i hjärtat. Du kanske glömde det en stund, men det är där. Alltid där.

Första steget

Lägenheten var tyst. Bara ljudet av tvättmaskinen i bakgrunden och en ensam fågel som kvittrade utanför det halvöppna fönstret.

Venus drog upp dragkedjan på sin resväska och lyfte varsamt ut kläderna, ett plagg i taget. Hon lade dem i prydliga högar på sängen, inte för att organisera, utan för att känna: det här är mitt liv, mitt utrymme nu.

Doften av tvättmedel, värmen från golvet, känslan av trygghet. Allt kändes nytt, men också som något hon alltid burit inom sig. Hon öppnade en låda i byrån och la ner sina kläder, sakta, som om varje rörelse var ett påstående: Jag är här. Jag är kvar. Jag börjar om.

På skrivbordet, bredvid en gammal krukväxt och en tom anteckningsbok, låg en penna. Hon satte sig. Bläddrade bland tomma sidor. Drog in ett djupt andetag.

Sedan skrev hon: "Jag är rädd. Men jag går ändå."

Hon lade ner pennan. Lutade sig bakåt. Senare på eftermiddagen gick hon ut. Höstluften var frisk. Hon promenerade utan mål, genom parken, förbi lekande barn, löv i olika nyanser av guld och rött som dansade över gångvägen. Solen låg lågt, som om den också höll på att börja om.

Hon satte sig på en bänk. Drog jackan tätare om sig. Händerna vilade i knät, inga telefoner, inga meddelanden, ingen musik. Bara hennes egen närvaro. Jag vet inte vad framtiden är, tänkte hon. Men jag vet att jag inte vill leva i det förflutna.

Hon såg upp. En kvinna med barnvagn gick förbi. Ett äldre par promenerade långsamt hand i hand. Någon joggade, någon log. Och allt var... enkelt. Stillastående, men rörligt. Livet, precis som det var. Venus blundade. Andades in. Och i den luften fanns något nytt. Inte lycka. Inte glömska. Lättnad. Och den räckte för idag.

I mörkret,
tystnaden och
viljan att överleva

Marken var kall mot Saras bara fötter. Hon satt med benen korslagda utanför tältet, i skogen där daggen klängde sig fast vid varje blad. Fingrarna var jordiga. Hon lät dem vila mot den fuktiga mossan som en sista kärleksfull beröring. Hon blundade. Andades in doften av rötter, mossa, svamp, fuktig jord, allt det som bar henne dessa veckor. Allt det som dolde dem från världen, gav dem skydd, en fristad. Hon förde händerna till hjärtat. Böjde huvudet. Tack!

Tack till tystnaden, till natten, till träden som stått som väktare runt hennes sömn. Tack till det nötta tältet, vars väggar hon lärt sig älska. Hon rörde vid det nu, med samma försiktighet som man rör ett gammalt foto. Tyst förde hon läpparna till rörelse.

– Universum, om du hör mig… Jag ber inte om mirakel. Jag ber bara om en chans. En väg. En möjlighet att leva, inte bara överleva.

Hon satt kvar. Stillheten lade sig över kroppen som ett varmt täcke. Hjärtat dunkade i rytmen av något större. Bakom henne hördes steg.

Inte höga, men tillräckliga för att bryta tystnaden som hade blivit
hennes bön. Hon vände sig om.

Celina. Lång, smal i konturen, med axlarna lätt uppdragna som om
hon bar världen. Och Casper bredvid, tyst som en skugga.

Sara mötte deras blickar. Inga ord behövdes. Hon reste sig. Skakade
jorden från sina ben. Och de började gå. Natten var tät. Inte bara mörk,
tät. Den kändes som ett tyg över huden. Deras andetag var korta,
nästan inandade i smyg. Inget fick höras. Inte ens vinden rörde sig.

De gick i rad. Sara längst bak. Hon kunde höra Celinas tunna andetag,
Caspers fötter som landade på löv, försiktigt, prövande. Varje steg
blev ett val: kvist eller inte kvist. Ljud eller inte ljud. Rädslan var inte
panik. Den var stilla, men närvarande. Som ett knutet band kring
magen. Som om varje träd kunde ha ögon. Som om natten själv höll
andan.

När de närmade sig lastbilarna, låg platsen öde. En kall, öppen yta
omgiven av plåttystnad. Månen lyste inte. Bara en svag skiftning i
mörkret som avslöjade konturerna av bilarna, lik tysta rovdjur i vila.

Casper hukade sig vid en av dem. Han tog fram kniven. Den glänste
till kort i ljuset från en fjärran lampa. Hans hand rörde sig metodiskt.
Skar. Tyget frasade. Hjärtan stannade. Celina såg sig omkring hela
tiden. Ögon vidöppna. Hon höll andan. Sara höll händerna pressade
mot magen som för att hindra den från att darra.

– In. Nu. viskade Casper.

De smög in, en efter en. Bilen luktade olja, damm, gammalt trä. Det
var fuktigt. Kallt. De kröp ihop bakom några lastpallar. Satt tätt. Så

tätt att knä mot knä kändes som hjärtslag mot hjärtslag. Tystnad var liv. Rörelse var risk. Sara kände hur svetten trängde fram i nacken, trots kylan. Celina tryckte sig mot Caspers axel. Casper satt stel. Vaktande. Som ett skydd mellan dem och världen. Motorn startade. Allt rörde sig. De rörde sig inte. Bara ögon som flackade. Mörker. Rörelser. Buller. Men ingen fick ge ifrån sig ett ljud. De andades genom näsor, lågt. In. Ut. In. Ut. Tid försvann. Den fanns inte längre. Bara puls. Bara närvaro.

Ett ryck. Lastbilen stannade. Sara grep Celinas hand. Deras fingrar flätades tyst samman. Casper lutade sig framåt, lutade huvudet mot en låda. Han blundade. Svetten rann nerför hans panna, in i ögonen. Han knep ihop ögonen. Men tårkanalerna blandades med salt. Det sved. Celina såg det. Hon drog upp ärmen. Förde handen långsamt till hans ansikte. Torkade försiktigt. Ingen sa något. Men där, i den lilla gesten, låg allting: vänskap, kärlek, livrädsla.

Stegen kom närmare. Ett ljus svepte förbi utanför springan. Sara slöt ögonen. Tyst viskning. En bön. Eller ett löfte. Stegen försvann. Dörrar stängdes. Lastbilen rullade igen. De var kvar.

När lastbilen till sist stannade igen, var natten lika mörk. Men något var annorlunda. Luften. Ljuden. En doft av salt från hamn. Gatlyktor i fjärran. Ett svagt muller från motorväg. Casper kikade ut först. Sen vände han sig om, viskade:

– Göteborg.

De kröp ut, en i taget. Stelnade till i vinden. Gömde sig bakom containrar. Lyssnade. Andades. Levde. Förbi tomma gator. Enstaka bilar. Skyltar på svenska. Vinden drog i deras kläder. Men de gick. När de hittade en bänk vid vattnet, satte de sig. Utmattade. Men fria.

Sara såg upp mot himlen. Celina drog jackan tätare om sig. Casper satt med armbågarna på knäna, stirrade ner i marken, som om han inte vågade tro det ännu. Ingen sa något. Men något i luften bar på ett löfte. Det här är början på något nytt.

Från skugga till ljus

G ruset knastrade under deras skor när de lämnade hamnområdet. Asfalten var kall, fuktig av nattens dimma. Gatlyktorna kastade långa skuggor framför dem, bleka siluetter mot det grå morgonljuset. Sara drog jackan tätare kring kroppen. Händerna var kalla. De hade inget mål, bara benen som gick, och viljan som bar dem.

Casper gick först. Tyst, vaksam, med blicken svepande över varje hörn, varje rörelse. Celina höll sig nära Sara. Deras armbågar nuddade ibland. Det var inte planerat, men det var nödvändigt. Närheten. Tryggheten.

De passerade ett skyltfönster med färgglada kläder. Sara stannade ett ögonblick. I reflektionen såg hon sig själv: trött, mager, men levande. Hon visste inte vad det var för butik. Hon förstod inte orden. Men det gjorde inget. Hon var där. I ett nytt land. På andra sidan.

De vandrade vidare. Gatorna var tysta. Enstaka cyklar svischade förbi. En kvinna med barnvagn gick tvärs över torget. Barnet skrattade till. Ett ljud så ljust, så okomplicerat, att Saras hjärta brast av både glädje och sorg.

– Vad gör vi nu? viskade Celina, utan att stanna. Casper svarade inte direkt. Han såg sig om, såg ett litet torg, en bänk under ett träd där löven börjat falla i gult. Han nickade ditåt. De satte sig. Knäpptysta. Morgonen kröp fram över taken. En spårvagn gnisslade i fjärran.

– Jag tror… vi måste hitta mat, sa Sara lågt. – Och någon plats att vila.

Celina lyfte blicken mot en kvinna som gick förbi med en papperspåse från ett bageri. Doften av nybakat bröd svepte förbi som en våg. Sara blundade. Hennes mage knöt sig. De reste sig. Började gå igen. Som skuggor bland människor. Som andetag som ingen ännu lärt känna.

Efter en stund såg de en dörr där det stod "Röda Korset". Casper pekade.

– Vi kanske kan fråga där.

De gick in. Ljus, varm luft. Doft av kaffe. En kvinna med ljust hår och mjuka ögon kom fram. Hon sa något, de förstod inte orden, men hennes leende sa tillräckligt.

Casper förde handen mot hjärtat. Sa:

– Sverige. Vi… ny. Please. Help.

Hon nickade. Pekade på ett bord. Mat. Vatten. Värme. De satte sig. Åt långsamt. Drack. Andades. Det var inte mycket, men det var tillräckligt för att känna att de inte var osynliga.

Sara tittade ut genom fönstret. På en stad som vaknade. På människor som gick med mobil i handen, ryggsäck på ryggen, raska steg. Hon tänkte: de vet inte om oss. De vet inte var vi kommer ifrån. De vet inte hur det är att inte veta var man ska sova. Men de var här. Det var verkligt. Celina lutade huvudet mot hennes axel.

– Vi börjar om nu, viskade hon.

Sara nickade. Casper såg ut genom fönstret. Såg en fågel lyfta från en lyktstolpe. Fritt.

Och i den stunden, i en främlings leende, i smaken av bröd, i doften av kaffe, i känslan av att få sitta utan att gömma sig, visste de: Det här är början.

Att återvända
till livet

Bibliotekets stora fönster speglade oktoberljuset. Det var en av de där dagarna då hösten viskade vänligt snarare än att ropa. Sara satt på en mjuk fåtölj vid fönstret, med benen uppdragna under sig, en kopp kaffe i händerna, den typen av kopp som var precis lagom varm att hålla utan att bränna.

Utanför rörde sig människor i olika tempon. Vissa hastiga, andra långsamma, som om de bar på mer tid. Träden vid vattnet glödde i rött, orange, bärnsten. Löv föll som tystnande röster, ett efter ett, och landade i virvlar på gångvägen. På bordet framför henne låg en bok. Alkemisten av Paulo Coelho. Omslaget var nött. Det var samma bok hon burit genom stormar. Den luktade fortfarande svagt av rök från skogen. Hon vände en sida. Tog en klunk kaffe. Och log. Inte ett stort leende, men ett sånt som föds långt inifrån. Ett som inte behöver vittnen. Hon blundade. Och i tystnaden hörde hon det:

– "Du är där nu, Sara," viskade en inre röst. "Du är hemma i dig själv."

Hon hann inte mer än öppna ögonen förrän hon kände det, en varm hand som lades på hennes axel. En kram bakifrån. Sara vred på huvudet, långsamt.

– Venus.

De såg på varandra. Två par ögon som burit så mycket, men nu fyllda av något annat. Värme. Lättnad. Liv. Inga ord först. De bara kramade varandra. Längre än nödvändigt. För att tiden krävde det.

– Du ser... hel ut, sa Venus och satte sig bredvid henne.

– Jag känner mig helare, svarade Sara.

De satt en stund i tystnad. Bara ljudet av kaffemaskinen i fjärran, prassel från bokhyllorna och vattnets glittrande speglingar utanför.

– Jag har börjat igen, sa Sara. – Måla. Läsa. Leva.

– Dansa?

Sara skrattade.

– Inte än. Men kanske. Jag går till målarkurser ibland. Och... jag är färdig med min utbildning. Jag fick ett jobb. På en vårdcentral. Inte mycket, men det är något.

Venus ögon tindrade.

– Jag skrev in mig på en konstskola. För att lära mig... inte bara måla, utan att uttrycka. Jag har börjat meditera också. Det hjälper. På riktigt. Sara log.

– Det syns på dig. Du ser stark ut.

– Det känns så. Och... jag bor med mamma nu.

Sara höjde ögonbrynen.

– Det går?

Venus nickade.

– Vi börjar om. Jag lär känna henne. På riktigt. Hon är mjukare än jag minns. Och jag… jag ger henne en chans. Och mig själv. Jag är glad för det.

De satt där. Kaffekopparna mellan händerna. En bok emellan dem. Vattnet utanför. Inga behov av framtid eller dåtid. Bara nuet.

Saras telefon vibrerade. Hon tog upp den. Ett meddelande. Från ett namn som brände till i magen.

Hej Sara!

Jag vet inte hur jag ska skriva det här, så jag säger det bara:

Casper är död. Och jag mår inte bra. Jag behöver dig.

/Celina

Sara stirrade på skärmen. Kopparna stod orörliga. Världen utanför fortsatte, barn som skrattade, löv som föll. Men något hade just förändrats igen.

Kyrkogården

Regnet föll tyst, som om himlen visste att inget annat ljud var välkommet. Kyrkogården var täckt av fuktigt gräs och tunga blommor, regndroppar vilade som kristaller på kronbladen. En samling människor stod samlade runt kistan, klädda i svart, med paraplyer i olika nyanser som ett brokigt hav i gråheten.

Celina satt längst fram, rak i ryggen. Hon bar en mörkgrön kappa som smekte hennes vader. Hennes lockiga hår var uppsatt i en lös knut som ramade in nacken, naken, stolt, öppen.

Ansiktet avslöjade ingenting. Men inombords...

...ett hav av skärvor.

Hon satt stilla medan prästen läste sina ord. Men hennes röst viskade inombords. Du ligger där nu. I trä och tyg och tystnad. Du, min älskade. Min krigare. Min vilsna vän. Jag vet att du inte orkade stanna. Jag vet att du försökte. Och jag vet att du älskade mig. Men det här... det här var ditt sista andetag i vår gemensamma saga.

När sista rosen lades på kistan, reste sig människor i tystnad. Några kramade henne. Andra lade en hand på hennes axel. Hon svarade med ett stilla leende, ett sådant som bär smärta med värdighet.

Sen gick hon. Hon sa inget. Gav inga förklaringar. Hennes steg ledde henne bort, genom gruset, genom grindarna, ut i världen. Och regnet föll. Det klibbade mot hennes panna, rann nedför hennes hals, smög sig in under kappans tyg. Men hon märkte det knappt. Hon bara gick. Genom parker. Över gator. Förbi människors blickar. Utan mål. Utan tid. Bara ett enda behov, att röra sig, att andas, att inte stanna.

Ingen såg mig

Det var kallt. Marken under fötterna var fuktig, men Celina kände den knappt. Hon gick barfota genom den dimmiga kyrkogården. Gråstenar reste sig som tysta vittnen runt omkring henne. Löven låg blöta över grusgångarna, och träden vajade sakta i en vind hon inte hörde.

Människor samlades i en halvcirkel några meter bort. De grät. Viskade. Någon kramade någon annan. Hon kände igen dem. Hon såg Saras rygg skaka av gråt. Celina började gå snabbare. Hon ville fram. Ville förstå.

– Sara… viskade hon. – Jag är här. Vad är det som händer?

Ingen vände sig om. Hon rörde Saras axel. Inget svar.

– Hallå…? Varför ser ni mig inte?

Rösten brast. Hon vände sig om. Blicken föll på en vit duk. Ett bord. Ovanpå låg en bild. På henne. Det var hennes ögon. Hennes leende. Och framför bilden, två svarta ljus, långsamt brinnande. Rosor. En gravsten med hennes namn. Dött ljus. Död stillhet.

Celina tog ett steg bakåt. Andetaget fastnade. Hon ville skrika. Ville röra något, bevisa att hon levde, men världen omkring henne var tyst. Som om allt redan hade gått förlorat.

Hon vaknade med ett ryck. Svetten rann längs ryggraden. Håret fastklistrat mot pannan. Bröstet hävdes. Hon stirrade mot taket, som om det fortfarande dolde det där ansiktet. Hennes eget. Hon drog upp knäna mot bröstet. Tog sig långsamt upp. Rummet var kallt. Mörkt. Tyst.

Hon vände huvudet. Sängen var tom. Casper var inte där. Han skulle aldrig vara där igen.

Det var då det brast. Hon sjönk ihop. Tårarna kom utan ljud först. Bara skakningarna. Men snart, snörvlingar. Hulkar. Rösten som krossades i små stycken. Hon reste sig. Stapplade fram till hans garderob. Öppnade den med darrande fingrar. Tröjor, skjortor, allt hängde kvar. Som om han bara gått ut för att köpa bröd. Hon grep en av hans tröjor, höll den mot bröstet. Tryckte ansiktet djupt in i tyget. Andades in. Letade efter honom i lukten. I fibrerna.

– Du lovade… viskade hon. – Du sa att du aldrig skulle lämna mig.

– Vad ska jag göra nu?

Hon sjönk ner på golvet. Drog benen till sig. Skakade. Grät. Länge. Länge. Timmar verkade gå. Eller minuter. Hon visste inte längre. När tårarna tog slut, när andningen blev lugnare, reste hon sig tyst. Tvättade ansiktet. Gick till duschen. Vattnet var kallt. Hon lät det vara så. Det behövdes. Något som väckte henne.

Sen klädde hon sig. En svart kappa. Ett tunt svart linne. Sorg i varje rörelse, men också en stilla värdighet. Hon borstade håret långsamt. Tog på mascara. Inget mer. På vägen ut stannade hon vid blomsteraffären. Vita rosor. Stora. Fylliga. Levande. Hon bar dem varsamt. Hela vägen. Kyrkogården låg tyst. Hon visste var han låg. Hon satte sig vid graven. Lade blommorna försiktigt bredvid stenen.

– Jag hade en dröm i natt.

Hon rörde vid gravstenen. Fingrarna följde bokstäverna.

– Jag var död. Du vet?

– Jag gick omkring och alla grät. Men ingen såg mig.

– Jag skrek efter dig. Och du… du var inte där.

Hon tystnade. Andades in. Löven prasslade. En kråka ropade i fjärran.

– Jag vet inte hur jag ska gå vidare.

– Det känns som att något i mig dog med dig.

– Det är tomt nu. Som om du var väggen som höll allt på plats.

Tårarna föll, men hon lät dem vara.

– Men jag kom ändå hit idag. För att säga att jag älskar dig. Och för att jag lever. Än så länge.

Hon tystnade igen. Satte sig i gräset. Andades.

Och i vinden, bland de vissna löven och de vita rosorna, viskade något tillbaka.

I regnets tystnad

R egnet föll tungt, som om himlen bar på sin egen sorg. Dropparna var stora, runda, träffade marken med ett dämpat ljud som viskade: Du är inte ensam.

Celina gick långsamt. Regnet trängde genom kappan, rann längs hennes nacke, blötte skorna tills de klafsade mot asfalten. Hennes hår hängde som blöta trådar runt ansiktet. Doften av vått gräs och jord svepte in henne, det där råa, ärliga med naturen som bara regniga kvällar kunde bära.

När hon kom fram till huset, skakade hon av sig regnet på trappan. Fingrarna var kalla när hon vred om nyckeln. Dörren öppnades med ett tyst knäpp. Mörker. Bara mörker. Inget ljus slog emot henne. Bara skuggor. Och tystnad.

Hon stod kvar i hallen, blöt, droppande på det gamla trägolvet. Tog ett steg in, andades in doften som ännu bar spår av honom. Blicken föll på Caspers jacka. Den hängde fortfarande på kroken. Skorna stod prydligt under. Som om han bara gått ett ärende. Som om han kunde komma in när som helst. Hon sträckte ut handen. Drog ner jackan från kroken.

Satte sig på golvet. Lutade ryggen mot väggen. Och kramade den mot sig. Doften av honom, så nära, så outhärdligt verklig.

Tårarna kom utan förvarning. Först stilla. Sedan som regnet. Oavbrutna. Hon höll jackan hårdare, tryckte ansiktet i kragen. Lät smärtan komma. Lät den sjunga genom bröstet. Inte springa ifrån den. Bara vara i den. Stanna. Möta. Hon blundade. Och minnet kom.

De hade precis flyttat in i huset. Sveriges stillhet. Sjön som låg spegelblank om kvällarna. Och fältet av raps, oändligt gult, som om solen själv vilade där. Hon såg sig själv i det gula havet. Casper bakom kameran. Hans röst:

– "Stanna där... just där. Min Black Swan. Du är vacker som frihet."

Sen hade han sprungit fram. Kysst henne på halsen. Armarna runt hennes midja. Doften av honom. Deras skratt. Deras kroppar i gräset. Ett liv som fortfarande fanns kvar i hennes hjärta. Hon log, mitt i tårarna.

– Tack, viskade hon i mörkret. – Tack för de stunderna. Jag önskar att de aldrig hade tagit slut.

Hon reste sig. Sakta. Men stadigt. Jackan hängdes tillbaka. Hennes hand vilade kvar en sekund på tyget. Sedan gick hon till badrummet. Vred på kranen. Det kalla vattnet slog mot huden, trängde igenom varje lager. Hon lät det rinna. Lät det rena. Tvätta bort sorgen? Nej. Men kanske bära den med lite mindre tyngd. Hon svepte bort det sista av tårarna. Satte på sig mjuka kläder. Fixade te. Satte sig vid bordet. Tände ett ljus. Tog fram sitt skrivblock. Pennan låg redan där, som om den väntat. Och så började hon skriva.

Min älskade Casper,

Första gången jag såg dig...

Det var egentligen inte första gången. Du stod där i gryningsljuset, med fötterna djupt rotade i marken och blicken stilla riktad mot mig. Jag minns hur min kropp frös, inte av kyla, utan av den där stilla vissheten:

Jag har mött dig förut. Inte i detta liv kanske. Men någon gång. Någonstans. Du sa inget först. Du bara log. Och jag stod där naken i vattnet, men kände mig mer klädd än någonsin. Klädd i trygghet. Klädd i tillit. Din energi, den omfamnade mig innan du gjorde det.

Jag såg dig. Inte bara ögonen. Inte kroppen, även om jag också älskade allt det. Jag såg den du bar inom dig. Det lilla barnet du tystade varje gång världen bad dig vara stark. Jag såg honom i ditt sätt att andas djupt när du ville säga något men valde tystnad. Jag hörde honom i nätterna, i de drömmar du inte berättade om.

Och jag älskade honom. Jag älskade dig. Jag vet att du bar mycket. Skuggor från förr. Sår som inte ville läka. Ibland var det som om du bar två själar i samma kropp. Den ena full av värme, ömhet, glöd. Den andra, en tyst soldat som ville fly från ljuset.

Jag såg båda. Och jag stannade ändå. För jag älskade dig inte trots dina sår, jag älskade dig genom dem. Du brukade hjälpa andra så vackert. Ge råd som du själv inte kunde ta emot. Lyfta dem som föll, men glömde att du själv också behövde bli buren. Du var aldrig för mycket. Aldrig otillräcklig. Om du bara hade sett dig genom mina ögon. Genom dem som älskade dig.

Då kanske...

Jag minns exakt hur luften kändes när jag kom hem. Den där obehagliga stillheten. Dörren som stod på glänt. Den kalla lukten i hallen. Och sen, det där tunga, tunga rummet. Jag öppnade dörren. Och allt gick sönder. Du hängde där. Så stilla. Inga ord räckte. Inget skrik nådde fram. Jag sjönk ner. Och världen rasade omkring mig. Du lämnade mig. Utan farväl. Utan en sista blick. Jag vet att du inte ville såra mig. Jag vet att din smärta var större än du kunde bära. Men jag bär den nu. Bit för bit. Och ändå, jag bär den med kärlek. För jag älskar dig fortfarande. Alltid. Du har en plats i mitt hjärta som ingen annan någonsin kan fylla.

Och varje gång jag andas djupt, tänker jag att du kanske finns någonstans där vinden viskar. Att du kanske står bland trädtopparna och ser på mig. Och jag hoppas…

Jag hoppas att vi får ses igen. Kanske i ett annat liv. Kanske någonstans där smärta inte följer med oss. Där du är fri. Och vi är fria.

Tills dess,

Jag älskar dig.

/Din Celina

Röda rosor och tyst närvaro

Tåget rullade genom landskapet, och Sara satt tyst vid fönstret. Träden fladdrade förbi som gröna och gula penseldrag, och vattnet i sjöarna glittrade som om solen smekte ytan med fingertopparna.

Hon höll händerna stilla i knät. En termos med kaffe stod orörd bredvid henne. Hon hade inte tagit en klunk. Tankarna snurrade, men inga ord formades. Bara känslor. Bilder. Casper som log i motljus, en gång när de lagade mat över öppen eld. Celinas röst när hon skrattade, hög och fri. En stilla morgon där de bara suttit tillsammans, tysta.

Livet...

Det är inte en rak väg. Det är en stig som slingrar sig genom ljus och mörker, hopp och förlust.

Och ändå, man går. Ett steg i taget. Tåget stannade. Dörrarna öppnades. Hon reste sig långsamt.

I blomsterbutiken valde hon dem utan att tveka: Fem röda rosor. De var djupröda. Nästan svarta i kanten. Som om varje blomblad bar en egen sorg, men också en kraft. Hon promenerade till fots. Gick långsamt, som om varje steg bar på minnen. Gatorna var tysta. Luften bar doften av höst och vind. Hon höll buketten tätt, som om rosorna själva behövde tröst.

När hon stod framför dörren tog hon ett djupt andetag. Knackade. Det gick några sekunder. Dörren öppnades. Och där stod hon. Ansiktet var blekare. Kroppen smalare. Ögonen, tyngre. Runt dem låg skuggor som vägrade lämna. Det långa, lockiga håret var tovigt och hängde slappt över axlarna. En enkel gul t-shirt, Caspers t-shirt. Och vita byxor som hängde löst på höfterna.

Sara tog ett steg fram. Celina föll in i hennes famn. Tårarna kom direkt. De föll ljudlöst, men våldsamt. Och Sara höll henne. Höll henne tills skakningarna började stillna. Ingen fråga. Inget svar. Bara närvaro. Inne i köket fyllde Sara en vas med vatten. Rosorna spretade vackert, levande, som motstånd mot all tyngd.

Hon tog fram två glas. Hällde upp vin. Ställde det ena framför Celina. De satt i soffan. Fönstret var öppet, och kvällsluften smög sig in. Celina rörde glaset med fingertopparna.

– Jag försökte, fortsatte Celina.

Rösten brast lite. Hon tystnade, tog ett andetag.

– Jag försökte finnas där. Inte för att förändra honom – nej.

Jag älskade honom precis som han var. Med varje brist, varje sår. Han var mer än tillräcklig. Hon pausade. Tittade ner i glaset.

– Men kanske… kanske var han inte det i sina egna ögon.

Sara sträckte försiktigt sin hand över bordet. Lät den vila ovanpå Celinas.

– Jag tror att det svåraste vi kan göra... är att överleva oss själva, sa Celina tyst. –

Och det var det han inte klarade.

Jag kunde inte rädda honom från det. Hon andades långsamt.

– Det var hans val. Det smärtar, men jag respekterar det. Och jag tackar för den tiden jag fick.

De satt tysta. Och rosorna i vasen lutade sig lätt mot ljuset.

Rådjurets blick

När Venus låste upp dörren efter en lång dag på jobbet, slog en varm, kryddig doft emot henne direkt från hallen. En doft som kramade om hennes trötta kropp. Det var doften av hemlagat. Doften av kärlek. Doften av hemma. Hon klev av skorna, hängde av sig jackan och följde doften till köket. Där stod mamma vid spisen, iklädd förkläde, med lugna, långsamma rörelser över en puttrande gryta.

– Välkommen hem, älskling, sa hon utan att vända sig om.

Venus log.

– Vad är det du har lagat? Det doftar... magiskt.

– Räkor i kokosmjölk. Med curry, spiskummin, lök, koriander... och lite av min hemliga krydda.

Venus satte sig vid bordet. Den mjuka, rökiga doften av ris, lime och kryddor virvlade upp från tallriken som hon fick framför sig. Hon åt tyst, tugga för tugga, medan hennes mamma berättade om grannen som skaffat en papegoja och om katten som klättrat upp på garagetaket.

Det var... stillsamt. Vardagligt. Men i Venus hjärta kändes det som en välsignelse. Efter maten, medan disken stod kvar i diskhon och kvällssolen smög sig in mellan gardinerna, sa Venus:

– Jag vill ta en promenad. Bara lite skog. Jag behöver andas.

Mamman nickade.

– Gå, gumman. Jag ser dig sen.

Skogen tog emot henne med öppna armar. Träden stod höga och täta, som gamla väktare av stillheten. Luften var fuktig, syresatt. Doften av mossa, jord och barr fyllde hennes lungor. Hon gick långsamt, följde stigarna med bara halva uppmärksamheten. En koltrast sjöng någonstans i närheten. Löven prasslade försiktigt under hennes steg. Hon stannade. Andades. Stängde ögonen. Och kände det. En stilla glöd inuti. Ingen rädsla. Inga tankar om vad hon lämnat eller vad som kunde ha varit. Bara den där tunga men mjuka tacksamheten över att vara här.

Hon satte sig på en liten kulle täckt av mossa. Drog benen upp mot bröstet och omslöt sig själv med armarna. Lät pannan vila mot knäna en stund. Och log. Tyst, från hjärtat.

– Jag är fri nu, viskade hon. – På riktigt.

Löv föll som tysta viskningar genom grenarna. Och när hon lyfte blicken, stod det där.

Ett rådjur. Stilla. Bara några meter bort. Öronen spetsade. Ögonen mjuka. Det stirrade rakt på henne, inte med rädsla, inte med flykt i kroppen. Bara närvaro. Venus höll andan. Och i de där sekunderna... Försvann allt annat. Det var bara hon. Och rådjuret. Och skogen som höll andan tillsammans med dem. Efter en stund rörde rådjuret försiktigt på sig, vände sig om och klev tyst tillbaka in i grönskan. Venus satt kvar. Tårar hade börjat rinna. Men det var inte sorg. Det var tacksamhet. Hon reste sig långsamt. Borstade av benen. Och gick hem med lätta steg, som om marken bar henne fram.

Ljuset efter stormen

Köksfönstret låg öppet. Den friska septemberluften smög sig in och dansade genom spetsgardinerna. Sara rörde långsamt om kaffet i kastrullen och kände hur doften spreds som ett mjukt täcke i det stilla hemmet.

Hon hade vaknat tidigt. Tyst. Gått upp, dragit på sig en stickad tröja, och börjat vattna de torra krukväxterna i vardagsrummet. En efter en fick de några klunkar vatten, varsamt, som om hon strök dem med handen. Sedan städade hon i köket. Sköljde disk i tystnad. Torkade av bordet. Lade fram nyköpta färska frallor, ost, skivad avokado. En skål med hallon.

Och två koppar, redo att fyllas med värme. När hon vände sig om stod Celina där i dörröppningen. Hennes hår föll vilt över axlarna, fortfarande trassligt av natten. Hon hade Caspers t-shirt på sig, den gula, som satt löst över hennes smalare kropp. Blicken var mjuk, och trött. Men när hon såg bordet, blommorna, kaffet, log hon.

– Jag vill ha kaffe, viskade hon.

Sara log tillbaka.

– Sätt dig. Jag serverar dig.

De satte sig mittemot varandra, i tystnad. Kaffet rykte i kopparna. Frukosten doftade barndom och trygghet.

En stund sa ingen något.

– Minns du… började Celina, och bet sig i läppen, – …den sista morgonen i kampen?

Sara nickade långsamt.

– Casper hade gjort eld tidigt. Jag vaknade av att det luktade bröd. Sånt där puffigt bröd han bakade direkt på stenen.

Celina skrattade kort, blött.

– Han var så stolt. Som om han precis hade uppfunnit bröd.

Sara drog fingertopparna över koppens kant.

– Han var en vis man. Trasig, ja. Men klok. Och snäll. Det kändes alltid som att han bar på något stort, något från ett annat liv nästan.

Celina blundade.

– Det fanns stunder då jag undrade om han ens var här. Som om han redan var halvvägs bort, in i en annan värld.

Sara svarade inte. Hon bara var där. Lyssnade. Celina andades djupt in, la sin hand över Saras.

– Tack. För att du är här. För att du stannade.

– Jag stannar tills allt är över, sa Sara. – Och längre om du behöver.

Celinas ögon fylldes med tårar, men hon log.

–Jag vill vandra. Jag behöver… andas.

Abisko, kanske. En hel vecka. Bara jag och naturen.

Sara mötte hennes blick.

– Då följer jag med dig.

Celina log.

– Du förstår alltid.

Sara sträckte sig efter en hallon, tuggade långsamt.

– Det finns alltid sol efter storm, vet du. Ibland tar det bara lite tid.

De satt där i köket. Två kvinnor, överlevare, vänner.

De delade tystnaden, minnena, och en kopp kaffe som doftade både dåtid och framtid.

När solen går ner

V id solnedgången satt hon vid sjön. Vattnet låg spegelblankt,
med en brinnande horisont där himlen smälte i eldiga
färger. Träden viskade i vinden, deras siluetter fladdrade i
kvällsljuset.

– Där var du, sa en röst bakom henne.

Hon vände sig inte om. Hon behövde inte. Sara satte sig tyst bredvid.

– Jag tänkte, var kan hon vara?

Sen kom jag ihåg… solnedgången. Här brukade ni sitta.

Celina nickade. Ögonen var röda, men torra.

– Han gillade tystnaden här, viskade hon.

De satt i stillhet. Bara deras andetag hördes.

Solens sista strålar speglades i vattnet. Värmen smekte deras kinder,
även om luften var kall.

Sara la armen om Celina. Celina lutade huvudet mot hennes axel.
Ingen sa något. Det behövdes inte. När solen till sist försvann bakom

trädlinjen, och skymningen tog över världen, tog Celina ett djupt andetag.

– Det här kapitlet i mitt liv… är över nu. Det är dags att resa mig. Det är dags att börja ett nytt kapitel.

När något nytt
får slå rot

S nön föll stilla över staden. Ljusen från butiker och gatlyktor
kastade ett gyllene skimmer över det vita landskapet. Det var
den sortens vinterdag som kändes ren. Tyst. Som om världen fått ett
nytt ark att skriva på.

Sara drog upp halsduken när hon klev ut från sitt arbete. Hon andades
in den krispiga luften och lät vintern bita försiktigt i kinderna. På
vägen hem stannade hon till vid biblioteket, som hon så ofta gjorde
efter jobbet. Det hade blivit hennes plats för återhämtning, eftertanke,
små oaser av frihet.

Hennes steg knarrade över den packade snön. Hon gick med lugn i
kroppen. Det var något annorlunda med henne nu, en mjukare blick,
en stadig närvaro i axlarna. Som om hon bar sitt eget hjärta varsamt,
med respekt.

Bibliotekets dörrar öppnades med ett dämpat pysande ljud. Den
torra värmen slog emot henne. Hon tog av mössan och skakade
snön ur håret innan hon steg in. Hon gick längs hyllorna med vana
steg, fingrarna gled över bokryggar som om de hälsade på gamla
vänner. Hon plockade ut några nya titlar, bland annat Den orubbliga

kärlekens paradoxer och Existensens villkor. Hon log för sig själv. Filosofin var fortfarande hennes tillflykt.

Men just som hon vände sig om för att gå mot disken, gled en bok ur famnen. Sedan en till. Sedan alla. De rasade i en dunsande kasad mot golvet.

– Oj!

Hon hukade sig ner i samma sekund som en annan hand sträcktes mot samma bok. De såg på varandra. Han hade mörkbruna ögon. Djupa, nyfikna. Som om han läste henne innan han sa ett ord.

– Du gillar tunga frågor, sa han och höll upp boken om existensfilosofi.
– Sartre, Camus, Kierkegaard?

Sara log, lite försiktigt. – Ja. Jag vet inte… jag tycker det finns något vackert i att försöka förstå meningen med allt. Även om det inte finns något klart svar.

– Eller just därför, svarade han. – Jag heter Charlie, förresten.

– Sara.

De hjälptes åt att samla ihop böckerna. Det blev tyst en sekund, som om luften höll andan.

– Skulle du… – han tvekade inte länge – vilja ta en fika med mig någon dag?

Sara frös i rörelsen. Hon såg på honom. Världen verkade pausa.

Hon ville säga nej. Hon ville säga att hon inte hade plats i hjärtat. Men något i hans blick var annorlunda. Inget påträngande. Bara en stillsam närvaro. Hon visste att det här inte var som tidigare. Det här var ingen trasig själ som sökte räddning. Det här var någon som såg henne.

– Jag kan inte idag, sa hon tyst.

– Imorgon?

– Kanske… Ja. Imorgon funkar.

Han log.

– Torget. Klockan sjutton?

– Vi ses då.

Hon gick därifrån med hjärtat lite varmare än innan. Snön föll fortfarande när hon steg ut i vintermörkret. Men hon kände något annat i bröstet nu. Ett litet, stilla frö. Kanske var det början på något.

En ny början

S ara slöt dörren bakom sig med en djup suck, sparkade av sig skorna och lutade pannan mot hallväggen. Snön hade fallit tungt under dagen, men nu var det bara tystnad som låg över staden, och över henne.

Hon lät fingrarna dra genom håret medan hon gick mot badrummet. När det varma vattnet forsade över hennes nacke i duschen, slöt hon ögonen och tillät sig känna. Pirret. Den där lätta, nervösa värmen i magen som hon nästan glömt hur det kändes.

Efteråt stod hon stilla framför garderoben i handduk, fuktiga lockar mot axlarna. Blicken svepte över kläderna som om de bar på svar. Hon drog ut en vinröd stickad tröja, mjuk, enkel, med elegans, och matchade den med svarta höga byxor och stövletter. Inget påklistrat. Bara hon.

Hon sminkade sig lätt. Parfymen hon valde var blommig med en ton av vanilj, varm och trygg. När hon satte sig på sängkanten för att ta på sig örhängen, sneglade hon på klockan. 16:49.

Det snöade när hon klev ut. Mjuka flingor som lade sig i hennes hår, på hennes jacka. Gatorna var stilla, som om hela staden höll andan. Hon såg honom redan på håll.

Charlie stod lutad mot en lyktstolpe utanför kaféet, med en lång beige yllekappa som täckte honom ner till knäna. Hans bruna boots var dammade med snö, och några flingor vilade i hans rufsiga, blonda hår. Han rörde inte mobilen. Han bara väntade, med händerna i fickorna och blicken mot gatan, avslappnad.

Sara stannade upp. Hon betraktade honom en stund innan hon gick fram. Han såg henne och log. Ett sånt där varmt, öppet leende som inte krävde något tillbaka. De kramade om varandra, lugnt. Som om deras kroppar redan visste att de kunde vila där.

Inne på kaféet var det varmt och levande. Ljusen dansade över träborden, doften av nybakat bröd och kaffe hängde i luften. De slog sig ner vid ett fönsterbord med utsikt över torget.

– Så… du gillar filosofi, sa Charlie med ett snett leende medan han rörde i sitt te.

– Mm. Det har hjälpt mig att förstå världen när den inte går att förstå, svarade hon.

De pratade. Om resor. Om familj. Charlie berättade att han var född i Brighton, att han flyttat till Sverige för fem år sen, att han byggt upp ett litet företag inom hållbar design.

– Det låter som om du hittat din väg, sa Sara eftertänksamt.

– Det tog tid, sa han. – Och en del vilsna år. Men jag är där jag ska vara nu. Tror jag. Du då?

Hon såg på honom. Hennes ögon dröjde vid hans, längre än nödvändigt.

– Jag har precis börjat hitta tillbaka till mig själv. Och kanske… är det först nu jag börjar våga känna något nytt.

Han svarade inte direkt. Istället lät han tystnaden få rum. Han såg henne. Inte som någon han ville laga. Bara som någon han ville lära känna. När de gick ut i vintern igen var det som om världen hade blivit lite ljusare.

– Jag är glad att jag träffade dig, sa han.

– Jag med, svarade hon och log.

När han gick åt sitt håll och hon åt sitt, stannade hon och tog ett djupt andetag. Hjärtat slog mjukt, försiktigt. Hon tog upp mobilen och ringde.

– Venus? Det är jag. Jag ville bara säga… jag träffade honom idag. Charlie.

– Och? Hur känns det?

– Jag vet inte. Men jag tror… jag tror att jag börjar tycka om honom. Det var länge sen jag kände så här.

– Jag är så glad för dig, Sara. Du förtjänar det. Det låter som en man som har lugn i sig.

– Ja… det känns så. Han är… kärleksfull. På ett stillsamt sätt.

– Lova mig bara en sak, sa Venus mjukt. – Att du fortsätter välja dig själv först.

Sara log medan hon stirrade på snön som låg mjukt över staden.

– Det gör jag. Det är därför jag kan känna det här nu.

Skogsstigarna inåt

S kogen viskade i stillhet, och varje steg de tog knastrade mjukt mot marken. Luften var krispig och klar, doftade jord och kåda. Solens strålar letade sig ner genom grenverket, dansade över deras ansikten och lyste upp deras kinder.

Sara drog halsduken tätare kring halsen. Bredvid henne gick Venus, med lugna steg och ett litet leende som vilade i mungipan. De hade gått en stund utan att säga något, i den där tystnaden som bara uppstår mellan människor som verkligen känner varandra.

– Vet du, sa Venus till slut, – det går bra nu. På jobbet. Och på målningsskolan. Hon skrattade mjukt. – Jag trodde aldrig jag skulle bli så förtjust i färg, form och dukar. Men det är som terapi. Jag målar och så försvinner allting. Allt som har varit, allt som kunde ha blivit. Det blir bara färg.

Sara log, vände blicken mot Venus.

– Det låter magiskt.

– Jag har målat några tavlor som jag faktiskt är stolt över, fortsatte Venus. – Och... jag har hittat en lägenhet. Om två veckor flyttar jag in.

De stannade till under en stor gran. Mellan grenarna glittrade solljuset mot ett dike fyllt av orangea löv.

– Det har varit så fint att bo med mamma. Att återförenas med henne. Vi har haft samtal som jag trodde aldrig skulle ske. Men… det är dags nu. Jag behöver mitt eget. Mitt hem. Mitt utrymme. Min tystnad.

Sara nickade, långsamt.

– Du strålar, Venus.

Venus skrattade till.

– Det är nog för att jag känner mig hel. Eller i alla fall mer hel än jag någonsin gjort. Jag vet inte när det hände… men jag har börjat vara snäll mot mig själv. Inte bara som en idé. Utan som en känsla. Jag kramar om mig själv på riktigt nu, Sara. Och det är märkligt, när jag började vända inåt… då förbättrades allt runt omkring mig. Min relation till mamma. Mina kollegor. Mina vänner. Till och med främlingar på gatan. Det är som att världen speglar tillbaka det jag bär.

De började gå igen. Mossan var mjuk under fötterna, och vinden bar med sig en doft av svamp och tallbarr. En ekorre prasslade till bland grenarna.

– Jag vet precis vad du menar, sa Sara. – Jag känner det också. Jag har så mycket att vara tacksam för just nu. Jobbet går bra. Och… Charlie. Vi har något fint. Det känns lugnt. Ärligt. Jag är inte rädd längre.

Venus såg på henne, ögonen varma.

– Du förtjänar det. Vi båda gör det.

– Och det slog mig häromdagen, sa Sara, – att när jag var som mest vilse, så trodde jag att någon annan skulle komma och rädda mig. Men det var jag. Jag var den som räddade mig själv.

De kom fram till en glänta där solen föll som gyllene regn över marken. Venus stannade, drog in luften djupt.

– När vi väljer oss själva... när vi börjar respektera vår egen inre värld... då öppnar sig något större.

– Då börjar universum le mot oss, sa Sara stilla.

De stod där en stund. Inga fler ord behövdes. Bara vinters sus, doften av barr, ljudet av ett rådjur som rörde sig i fjärran, och hjärtan som vilade i nuet, fria från det förflutna.

En middag under vinterlyktor

S nön föll som tunna fjädrar från himlen, mjuka och ljudlösa. Den låg som ett stilla täcke över kullerstensgatan, där fotsteg dämpades och världen verkade andas långsammare. Sara drog sin mörkgröna ullkappa tätare om kroppen medan hon närmade sig restaurangen. Hennes svarta stövlar knarrade lätt i snön. En varm doft av vedeldat kök, örter och smält smör letade sig ut från den lilla restaurangens dörr när någon öppnade. Hon stannade utanför ett ögonblick.

Fönstren var immiga av värme. Inne såg hon glittrande ljus, röda vinflaskor, människor som skrattade lågt över levande ljus. Hon torkade en snöflinga från ögonfransen och gick in.

Ett varmt sorl mötte henne, silverbestick som landade mot tallrikar, vin som hälldes upp, leenden i rörelse. Rummet var mjukt belyst med glödande lyktor i taket, som små solar. Hon såg honom direkt.

Charlie satt redan vid bordet, nära fönstret. Han bar en lång, beige vinterkappa som han nu lagt över stolens rygg. Hans blonda hår var fuktigt av snö, och ögonen lyste upp när han såg henne. Han reste sig med ett leende och tog ett steg fram.

– Du ser fantastisk ut, sa han, ärligt och lågmält.

Sara log. Hon bar en vinröd klänning i mjuk sammet, långärmad och knälång, med ett tunt bälte i midjan. Hennes lockar låg samlade över axlarna, och kinderna var rosiga av kylan. Ögonen bar något djupt men nyvaket, som om något i henne just börjat öppna sig igen.

– Tack. Du med, sa hon.

De slog sig ner. Servitören kom med menyer, och när han gick igen stannade stillheten mellan dem en sekund. Men det var inte obekvämt, det var laddat med närvaro. De log.

– Vet du, sa Charlie efter en stund och vände blicken ut genom fönstret där flingor snurrade mot gatan, – jag har sett dig tidigare. På biblioteket. Många gånger, faktiskt. Jag satt ofta där och läste. Och du… du satt vid fönstret, alltid med en bok och kaffe. Du såg alltid så stilla ut. Så levande, men samtidigt försjunken i något större.

Sara höjde ögonbrynen lite, överraskad. – Är det sant?

– Jag ville gå fram. Men jag… vågade inte. Förrän nu.

Hon log. Något varmt spreds inom henne.

De beställde. Sara valde en handgjord pasta med grillad aubergine, soltorkade tomater, basilika och parmesan, vegetarisk och enkel. Charlie tog lax med citronrisotto och sparris. De skålade i vatten med citronskivor, och servitören kom snart tillbaka med maten.

Doften som steg från Saras tallrik var som ett medelhav i miniatyr, den söta sältan från tomaterna, hettan från rostad vitlök, den mjuka osten. Hon lyfte gaffeln, tog en första tugga. Det var som om hennes kropp vaknade till. Hon blundade lätt.

– Du gillar den? frågade Charlie.

– Det är fantastiskt. Smakerna… de är precis rätt.

Han log och smakade på sin lax. – Det här är en av mina favoritplatser. När jag behöver tänka… eller bara känna mig hemma. Det är något med stämningen här.

De pratade, om barndom, om böcker, om vad de båda drömde om. Saras händer rörde långsamt runt glaset. Hon berättade om sitt liv i Iran, flykten, Sverige, det nya. Hon berättade om sitt jobb, sin längtan efter ett hus nära naturen. Att plantera. Att leva enkelt.

– Det låter vackert, sa han. – Jag kan se dig där. I trädgården. Med sol i ansiktet och händerna i jorden.

– Du målar upp det som en film, skrattade hon.

När middagen var över tog de på sig ytterkläderna igen. Ute hade det börjat snöa igen, stora, långsamma flingor som glittrade i ljuset från gatlyktorna.

De promenerade tyst. Gick sida vid sida. När de nådde Saras port stannade de. Hon vände sig mot honom. Snön låg som små kristaller i hennes hår. Hon mötte hans blick, länge.

– Jag ska inte vänta på att se dig igen, sa Charlie tyst. – Är du ledig i helgen? Jag tänkte… bio, kanske?

Sara tvekade. Hjärtat slog. Men hon log.

– Jag är ledig. Lördag?

– Klockan sjutton?

– Vi ses då.

Han kramade henne. En varm, långsam omfamning. Inget krav. Inget rusande. Bara hjärtan som slog stilla i vinterkvällen. När hon stängt dörren bakom sig drog hon in ett djupt andetag. Och log.

Brevet till Casper

V inden låg stilla över trädtopparna när Celina kom hem den kvällen. Hennes andetag ångade lätt i kvällsluften. Hon låste upp dörren till huset, sparkade av sig skorna i hallen och släppte träningsväskan mot golvet med en suck. Kroppen var trött, men inombords fanns något mjukt. Ett lugn. En närhet till sig själv.

Vattnet från duschen slog mot kaklet som regn. Hon stod där en stund längre än vanligt, lät det varma vattnet rinna över axlarna. Sedan virade hon in sig i en grå frottéhandduk och drog på sig en stor vit kofta. I köket värmde hon sitt favorit-te: rosmarin och lavendel, med en skvätt havredryck i sin röda mugg. Doften steg långsamt mot taket.

Hon satte sig vid köksbordet. Utanför låg skogen som en mörkgrön vägg, tung av vinterfukt. Mellan trädstammarna rörde sig något. Hon lutade sig fram, höll andan. En räv. Rödbrun, vaksam, vacker. Den stannade upp. Deras blickar möttes. I det ögonblicket föll hela världen tyst. Bara de två, varelser i närvaro.

Celina log tyst, nästan andaktsfullt. Hon blundade. Andades. Sedan drog hon fram sin journal och fyllde pennan med bläck.

Kära Casper,

Jag vet inte om du hör mig. Men jag skriver ändå. Jag har inte orkat träffa någon på länge. Jag har dragit mig undan. Men inte på det där destruktiva sättet vi båda var rädda för. Jag har inte fallit, Casper. Jag har hållit mig uppe. Och mer än så: jag har tagit hand om mig.

Jag tränar. Jag sover. Jag äter bra. Jag gör yoga och jag gråter när jag måste. Och jag har börjat laga den där maten du brukade göra åt mig, lax med spenat och fofu. Jag försöker, men den smakar aldrig som när du lagade den. Aldrig med samma själ. Jag saknar smaken av ditt skratt i köket.

Jag har registrerat ett nytt företag. Jag kallar det Black Swan Rising. Det kändes rätt. Ett nytt kapitel. En hyllning till allt jag har överlevt. Jag har börjat läsa vidare psykologi. Jag vill förstå hur vi överlever oss själva. För det är det svåraste ibland, att vara sin egen fiende och ändå inte ge upp.

Jag minns den kvällen då vi satt vid sjön, såg solen försvinna bakom träden. Du sa att om man inte följer sin dröm kommer den jaga en hela livet. Jag glömde aldrig de orden. De planterade ett frö i mig, och nu har det börjat blomma.

Jag vill hjälpa människor att överleva sig själva. Jag vill påminna dem om att livet är värt att leva. Att det finns skönhet kvar, även efter allt.

Du bar en tung ryggsäck, Casper. Jag vet det. Jag såg den i din blick, i dina tysta andetag. Men trots allt du bar, gav du till andra. Du tröstade, vägledde, älskade. Du var en vis man, även när du tvivlade på dig själv.

Och jag älskade dig. Precis som du var. Jag önskar att du kunde sett dig själv genom mina ögon. Då kanske du hade förstått hur älskvärd du var. Hur tillräcklig du alltid varit.

Idag promenerade jag där vi brukade gå. Jag stannade vid trädet där du brukade stå och andas. Där vi brukade lyssna på fåglarna tillsammans, utan behov av ord. Jag visste att du fanns där med mig. Jag kunde nästan höra ditt skratt. Jag kämpar vidare. Inte för att fly från sorgen, utan för att hedra det vi hade.

Och vet du… jag drömde häromnatten.

Celinas hand stannade en stund, som för att förbereda hjärtat innan hon skrev vidare.

Jag red på en vit häst. Genom alla årstider. Vintern var tyst och tung, men hästen bar mig. Hösten viskade med sina löv. Våren öppnade sig med blommor som jag nästan inte vågade tro på. Och sommaren, där stannade jag.

Jag var vid en sjö. Vattnet låg blankt som glas. Jag steg av hästen. Det satt ett barn där. Naken, med svartlockigt hår. Hon satt tyst, med benen i kors, stirrade på horisonten. När hon vände sig om såg jag att det var jag.

Jag gick fram till henne. Jag satte mig på knä. Jag sa ingenting. Jag bara sträckte ut mina armar. Och hon kom till mig. Jag kramade henne. Jag höll henne länge. Hon skakade inte. Hon bara släppte taget. Och jag lät henne veta:

Jag är här nu. Jag ska ta hand om dig. Du är inte ensam längre.

När jag vaknade den morgonen, visste jag att något hade förändrats i mig. Som om något i själen hade landat.

Celina la ner pennan. Hon satt kvar i mörkret. Tekoppen hade blivit kall, men hon brydde sig inte. Hon tittade ut i natten igen. Räven var borta, men dess stillhet dröjde kvar i henne.

Hon läste brevet en sista gång. Sedan slöt hon ögonen och viskade ut i rummet:

– Tack, Casper. För allt. Jag är kvar. Jag reser mig. För oss båda.

Venus- Jag är hemma

S olens strålar letade sig in genom fönstret och landade på hennes kinder. Ljuset värmde hennes hud, men stack samtidigt i ögonen. Hon knep ihop dem och vände sig långsamt mot väggen. Det var något annorlunda med rummet. I några sekunder visste hon inte riktigt var hon var. Väggarna var ljusgröna. Gardinerna turkosa. Mattan också. Turkos. Hennes favoritfärg.

Det kändes inte bekant, men ändå tryggt. Hemma, på ett nytt sätt. Den där fridfulla känslan, att få sova naken i sin egen säng, att vakna utan att vara någons dotter, någons partner, någons vän, någons syster. Att bara vara. Och att det faktiskt räckte.

Hon drog undan gardinen och mötte ljuset. Öppnade fönstret. Fåglarna kvittrade som om världen ville välkomna henne tillbaka. Hon lutade sig ut och såg en ensam liten molnformation på himlen, formad som en björn. Hon log. Stirrade på den tills den sakta upplöstes och försvann.

Köket doftade stillhet. Hon stannade mitt i rummet, tog ett djupt andetag och såg på det gamla träbordet med sina slitna ben. De bruna stolarna var klädda i läder, sargade men äkta. Den blå vasen stod i mitten av bordet, fylld med rosa rosor. Hon böjde sig fram, drog in deras doft, och viskade:

– Ni är vackra.

Hon hällde upp ett glas vatten, satte på kaffe och stod kvar, stilla, tills maskinen tystnade. Sedan öppnade hon skåpet, lät handen vandra mellan kopparna och tog den oranga med en stor solros på. Den som hennes morbror hade gett henne. Den påminde henne om deras samtal, långa, filosofiska, djupa. Han var en intelligent man, lite hemlig i sin kärlek, men hon hade alltid sett honom. Hans själ. Hans längtan efter att bli älskad.

Med kaffet i handen satte hon sig vid bordet och tittade ut mot parken. Där stod trädet. Ensamt, men ändå så stolt. Det dolde sig inte, bad inte om ursäkt för sin skönhet. Det bara stod där, starkt, öppet, levande. Precis som hon själv.

Hon lutade sig tillbaka, lät tystnaden svepa in henne som en varm filt. Ingen förväntade sig något av henne. Hon behövde inte prestera, förklara, eller duga. Hon bara fanns. Och det var mer än nog. Venus log och viskade tyst:

– Jag är hemma.

En ny början

Det var något med ljuset den dagen. Som om solen, utan att göra väsen av sig, viskade att världen fortfarande var vacker. Celina stod i badrummet, tyst, barfota på det kalla kakelgolvet, och stirrade på sig själv i spegeln. Det var länge sedan hon hade sett sig själv, verkligen sett. Hennes ögon, en gång trötta och skuggade av sorg, bar nu på något annat. Ett stilla skimmer. En återkomst.

Hon hade just duschat. Ångan låg som en tunn slöja i rummet, hennes hud var varm och rosig, håret fortfarande fuktigt. Hon svepte in sig i en vit frottéhandduk, gick ut i sovrummet och drog fram garderobsdörren. Fingrarna smekte tygets veck, som om de sökte efter något mer än bara kläder. Hon drog fram en lång, svepande sommarklänning, vit, med tunna axelband och små broderade blommor i mjuka nyanser av rosa och grönt. Den var enkel, men bar på en sorts elegans. Hon hade inte haft den på sig på länge. Knappt minns hon när sist hon brytt sig om vad hon hade på sig.

Celina smörjde in sina armar, målade sina naglar i en mjuk beige ton, och drog en kam genom sitt lockiga hår, som nu låg luftigt och naturligt runt hennes axlar. Hon lät mascaraborsten svepa över ögonfransarna och duttade lite färg på kinderna. När hon satte på sig klänningen och sneglade i spegeln, log hon. Inte för att allt var perfekt. Inte för att sorgen var borta. Utan för att hon, trots allt, levde.

Hon öppnade fönstret mot skogen bakom huset. Sommarluften var mild. Hon andades in. En vit fjäril fladdrade förbi. Det doftade av fuktig jord, tall och nyklippt gräs. Hon tog fram en liten flaska parfym, den med citrus och jasmin som Casper en gång sagt doftade som hennes själ, och sprayade försiktigt mot halsen.

Sedan tog hon sina sandaler, en tunn vit sjal och sin lilla väska. I den låg en flaska ekologiskt vin och en bukett prunkande pioner som hon köpt tidigare på torget, färgerna smälte samman som akvarell, djuprött, vitt, puderrosa.

Resan till Venus nya hem gick genom sommarens landskap. Skogen stod tät och levande, ängarna vajade mjukt i vinden. Hon hade inte musik på. Bara tystnad. En närvaro. Och mitt på vägen, just där skuggorna föll tyngst mellan träden, klev en vit älg ut framför bilen. Den stannade till. Blicken var stilla, nästan vis. Celina bromsade, stirrade. Hjärtat slog hårt. Älgen stod där ett ögonblick, som om den ville påminna henne om något heligt. Sedan hoppade den över diket och försvann mellan björkarna.

När hon kom fram till Venus port stod Sara redan där, i en enkel klänning och med ett leende som strålade varmt. Hon bar på en flaska vin och en bukett solrosor. Deras ögon möttes. Det behövdes inga ord. De gick fram mot varandra och kramades, länge. När de släppte taget blinkade Celina bort en tår.

-Du är vacker, sa Sara och log.

-Det känns ovant, svarade Celina, -men det känns... bra.

De gick uppför trapporna tillsammans, pratade om blomster, sommarljus och små minnen från förr. Dörren öppnades innan de hann ringa på. Venus stod där i sitt nya hem, strålande och trygg. Hennes hem doftade av citron, lavendel och något nybakat. Det var första gången Celina mötte henne, men samtalet föll naturligt, skrattet föddes enkelt.

De åt middag tillsammans, färgglada sallader, grönsaksrätter och nybakat bröd. De pratade, skrattade, lyssnade. Celina satt där, vackert klädd, avslappnad, levande. Och för första gången på länge lät hon andra människor se henne, inte som den starka, inte som den trasiga, utan som den hon var: en kvinna som rest sig, som valt livet.

Vandringens Början

Tåget stannade med ett mjukt gnissel. Dörrarna gled upp, och en lätt fjällvind letade sig in på perrongen. Doften av ren luft och granbarr blandades med doften från Saras parfym, den där hon alltid använde när hon ville känna sig extra levande.

Charlie stod tätt intill henne, med händerna i hennes. Hans blick var mjuk, trygg, samtidigt som en antydan av vemod låg i ögonvrån. Sara log mot honom, men det låg en darrning i mungipan, en tyst viskning av avsked.

Han borstade försiktigt bort en osynlig smula från hennes kappa och viskade:

–Ta hand om dig, Sara. Jag önskar att jag kunde följa med.

Hon svarade inte. Istället kramade hon honom hårt, djupt, länge. Deras pannor möttes i ett ögonblick som stannade tiden.

–Lycka till med din vandring, min vilda kvinna, sa han och kysste hennes panna, som om han ville lämna ett avtryck där.

Hon log. Ett leende som bar både längtan och frihet.

Utanför stationen väntade Celina, klädd i en jordfärgad vandringsjacka, håret uppsatt i en enkel knut, och ögonen glittrade under kepsens skugga. Hon stod med sin ryggsäck tätt mot kroppen, en lätt vandringsstav vilande mot axeln.

– "Redo?" frågade hon när deras blickar möttes.

Sara nickade. En varm kram förenade dem, utan ord, utan förklaring.

Några minuter senare dök Venus upp, studsande med ett leende som var större än hennes packning. Hon bar en ljusgrön jacka som matchade hennes ögon, och ett färgglatt pannband höll undan de röda lockarna.

– Är det dags att möta tystnaden nu? skrattade hon.

De tre kvinnor stod tillsammans, tre energier som flätades samman till en gemenskap. Tillsammans började de gå, bort från stationen, in i fjällen.

Tåget susade bort bakom dem, som en sista hälsning från världen de lämnat. Vägen till Abisko turiststation gick genom en lång stig kantad av björkskog och fjällblommor. De gick i tystnad, men det var en tystnad som bar trygghet, som ett andetag mellan själar.

Sara drog in luften djupt. Den doftade något hon saknat: frihet.

När de närmade sig turiststationen, såg de fjällen öppna sig framför dem, höga, kraftfulla, fortfarande snötäckta på toppen trots sommarens närvaro. En ren kallhet i luften. En känsla av att de nu påbörjade något större än bara en vandring.

Vid stationen stannade de. De såg på varandra.

– Nu börjar det, sa Venus lågt.

Och så gick de. Tre kvinnor, tre liv, tre hjärtan, mot vandringens första steg in i den oändliga stillheten.

Vandringens
Första Steg

Stigen från Abisko turiststation slingrade sig mjukt genom ett grönt paradis. Björkarna stod tätt, med sina tunna stammar och darrande blad som viskade i den svala vinden. Marken var mjuk och fuktig av smältvatten. Färska dofter av jord, mossa och fuktiga träd steg som en varm andedräkt från fjällen.

Celina gick först. Hennes steg var stadiga, rytmiska, nästan meditativa. Hon bar sin ryggsäck med kraft, men med en slags värdighet som om den var en del av henne, inte en börda. Under kepsens skugga vilade en koncentration, ett lugn.

En bit bakom henne gick Sara. Hon hade dragit upp jackans krage och gick tyst, hennes blick svepte över det gröna. Hon hörde sina egna andetag blandas med skogens andetag, vinden, fåglarna, en porlande bäck. Längre bak, nästan studsande i stegen, gick Venus. Hennes vandringsstavar slog i marken i takt, och hennes ögon glittrade som om hon drack in varje färg, varje doft.

Men ingen sa något. Det var som om stillheten var helig. Som om de alla bar på något som behövde få sjunka in i marken under deras fötter.

Efter en timme skiftade naturen. Skogen tunnades ut. Träden blev kortare, landskapet öppnade sig. Plötsligt var de ute på kalfjäll. Fjällsidorna reste sig tunga och tystlåtna omkring dem. Marken blev stenigare, vinden mer påtaglig. Och där, längre bort, Abiskojaure. En sjö vilade som en blå spegel bland bergen, så stilla att de knappt vågade titta rakt på den.

Celina stannade på en höjd och såg ut över dalen. Hon sa inget. Hon bara andades. Sara kom upp bredvid henne och log.

– Det är som att gå rakt in i en dröm.

Venus pustade.

– En väldigt tyst dröm, skrattade hon tyst.

De gick några kilometer till innan de hittade en plats att slå läger. Ett mjukt gräsfält strax vid en fjällbäck, med utsikt över sjön som speglade kvällshimlens guld.

Celina slog upp sitt tält i ensamhet, lite vid sidan av. Hon arbetade metodiskt, satte tältpinnarna, drog linorna, kollade vindriktningen. Det var tydligt att hon gjort det här förut.

Sara och Venus reste sitt tält tillsammans. De hjälptes åt att få det stadigt, skrattade när Venus snubblade över en lina, och pustade lättade när det stod klart.

–Det här… känns så rätt, sa Sara och lade ut liggunderlaget.

När skymningen la sig och himlen färgades av lavendel och koppar, samlades de kring en liten stormkök-eld. Celina kokade vatten, långsamt och stilla. Sara hällde det i påsarna med frystorkad mat, och Venus rörde om.

De åt i tystnad först. Smakerna var enkla, linssoppa, ris, curry, men det smakade som något från en annan värld. Efteråt kokade de te. Mynta och ingefära. Värmen i kopparna låg kvar i händerna som ett löfte.

Venus stirrade på den sovande sjön.

– Jag tror… jag aldrig har varit så här närvarande i hela mitt liv.

Celina nickade.

– Det finns en sorts tystnad här som inte är tom, utan hel.

Sara lutade sig tillbaka, såg upp på himlen.

– Det här är början på något.

Natten föll sakta, som ett mjukt täcke över bergen. De kröp in i sina tält, en i sin ensamhet, två i sin gemenskap. Ute sjöng vinden sina viskningar över fjället.

Morgonens tystnad, regnbågens löfte

D et var tidigt. Solen hade ännu inte helt stigit upp, men himlen var ljusblå med penseldrag av silver. Fukt låg som ett tunt slöja över tältduken.

Celina slog långsamt upp ögonen. Inne i tältet var det svalt, nästan kyligt. Hon drog jackan över axlarna och öppnade försiktigt tältets öppning. Morgonluften bet lätt mot kinderna, men hon andades in den djupt. Doften av fjällens friska växter och fuktig jord fyllde hennes bröst.

Utanför, bara några meter bort, rörde sig något mjukt och ljudlöst genom gräset. En flock renar. De var ljusa i pälsen, nästan gråblonda, och deras horn glänste i dagg och svagt morgonljus. Celina satt stilla, knäböjd vid tältets kant, och bara betraktade dem. En kalv jagade sin mor i lek, och två yngre hannar stötte hornen lekfullt mot varandra. Hon log, det var ett sådant ögonblick som inte kunde fångas med kamera. Ett ögonblick som tillhörde fjällen.

Efter en stund drog hon sig tillbaka, reste sig upp, rullade ut axlarna. Venus och Sara satt redan med små muggar av varmt vatten blandat med havredryck och bärpulver. En tyst morgonritual. De åt sina frukostpaket, gröt med nötter, torkad frukt, lite kaffe.

Luften var klar, världen fortfarande halvslumrande. Framför dem bredde fjällandskapet ut sig i sin mäktiga enkelhet, kullar klädda i grön mossa, ljung, små vita blommor, och längre bort, snö på bergens toppar, även mitt i juli.

Sara slöt ögonen ett ögonblick och andades djupt in.

– Tänk att vi är här, viskade hon.

Venus nickade.

– Det känns som vi tillhör den här platsen. Som om våra själar känner igen sig.

De packade sina tält. Vikte noggrant, fäste stormlinor, drog åt spännen. Ryggsäckarna kom åter upp på deras ryggar, lite lättare än dagen innan, som om kroppen redan vant sig vid tyngden.

Celina gick först igen, tyst, lyssnande. Hennes tankar flöt upp som dimma ur marken. Hon tänkte på Casper. Han hade älskat just den här sortens tystnad, naturens tystnad som inte var tom, utan levande. Hon såg på himlen, på ett moln som drev långsamt över fjället.

Kanske är du där, tänkte hon. Kanske är du i vinden, i marken jag går på. Eller i varje andetag jag tar.

Hon höll handen över sitt hjärta en stund.

Du är fri nu. Men du finns med mig.

Sara gick en bit bakom. Också hon var försjunken i tankar. Hon tänkte på förändring, hur hon förr aldrig kunnat vara stilla med sig själv. Hur hon alltid sökt efter något utanför. Nu var det annorlunda. Nu sökte hon sig inåt. Och det var där, inuti henne, som freden börjat gro.

Venus log. Hon tänkte inte så mycket. Hon bara såg. Varje blomma, varje sten, varje droppe regn som började falla.

Regnet kom långsamt. Mjuka, svala droppar som smög över kinderna som smekningar. Inga kapuschonger drogs upp. De lät det falla. De lät sig bli blöta.

Då hördes ett rop.

– Titta!

Venus pekade mot himlen.

Där, rakt framför dem, en regnbåge. Klar, stark, mäktig. Och... ovanför den, en till. En dubbelt regnbåge. Två bågar av färg över fjälldalen, som en tyst hälsning från något större.

De stannade. Alla tre. De sa inget. De bara stod där, sida vid sida, med blöta kinder och bröst fyllda av något som inte behövde ett namn.

Fjällen låg framför dem, öppna och vidsträckta. Marken var mjuk och frodig, full av liv. Vinden sjöng över grästopparna. Och när de fortsatte att gå, var stegen ännu lättare.

Alesjaure

V inden hade mojnat när de nådde krönet. Nedanför bredde
dalen ut sig i sin stillhet, en mosaik av blekgröna vidder, steniga
åsar, och mitt i allt: sjön Alesjaure. Den låg där som ett spegelblankt
öga mot himlen. Vid dess strand låg fjällstugan, liten men trygg, som
en väntande famn.

Celina stannade och drog in luften djupt, fjällens andedräkt, kall, ren,
levande. Hon vände sig om mot Sara och Venus, som var några meter
bakom henne, och log. Inte med munnen, utan med hela sitt väsen.
De log tillbaka. Ingen sa något. De visste alla, det här ögonblicket
krävde tystnad.

När de kom fram, tog de av sig sina kängor i tyst samförstånd. Det
fanns en bänk i solens sista värme, och där satte de sig. Fötterna
värkte men på ett vackert sätt, som om smärtan bekräftade att de
rörde sig framåt.

Venus sträckte ut benen, lutade sig bakåt mot stugväggen och
blundade.

-Jag har aldrig känt mig så levande, viskade hon.

De drack vatten ur kåsor, tuggade på nötter och småkex. Fjällens
tystnad var aldrig tom, den andades, den lyssnade. En fjällripans

dova skri, en vind som smekte sjön, ljudet av en ensam sten som rullade ner från höjden. Det var som om världen talade med dem, utan ord.

Senare, när solen började sjunka bakom bergens ryggrad, satt de där igen, denna gång invirade i filtar. Celina hade kokat te, med en skvätt torkad älgört från sin påse. Doften var mild och trygg, som mossa efter regn.

De satt stilla på rad på stugans trappa. Framför dem, himlens skiftningar. Först guld. Sedan rosa. Sedan lavendel.

Bergets snöklädda toppar glödde i ett rosa ljus som kändes overkligt, som om naturen målade bara för dem. Sjön speglade det, som ett öga speglar en själ.

Jag tänker på honom, sa Celina lågt. "På Casper."

Ingen sa något. Det behövdes inte.

Han skulle ha älskat det här, sa hon och log. Men kanske... han är här ändå.

Venus sträckte ut sin hand och lade den över Celinas.

Sara tog en klunk av sitt te.

Jag har aldrig sett något så vackert. Det är som att tiden har stannat.

Och kanske hade den det, just där, just då.

De tre kvinnorna satt kvar länge efter att solen försvunnit bakom fjällens rygg. Mörkret sänkte sig sakta, men det var inte hotfullt. Det var en varsam filt över världen.

I den stillheten, utan telefoner, utan brus, bara hjärtslag, andetag, fjäll, kände de det:

De var inte bara överlevare längre. De var levande.

Vägen vidare

De första strålarna silade genom tältduken, bleka men värmande. En lätt dimma dansade över marken, och fjällen låg där, eviga, viskande. Celina var först ut. Hon reste sig sakta, sträckte på kroppen och andades in den krispiga fjälluften. En dag till. En ny vandring väntade.

Sara och Venus kröp ut ur tältet strax efter. De satte sig på liggunderlagen med ryggen mot ryggsäckarna. En liten gasbrännare tändes, vattnet kokade. Doften av pulverkaffe blandades med torra havrekakor och frystorkad blåbärsgröt.

Det var stilla, det var fredligt. Tills molnen samlade sig. Ett ljudlöst regn föll först som dimma, sedan som stora, kalla droppar.

Åh nej! skrattade Sara och kastade sig mot tältet.

Skydda sovsäckarna! ropade Venus.

Vi är redan blöta, det gör inget! skrattade Celina.

De skrattade som barn som fångats i sommarens första regn. De kämpade med tältduken, skakade vattnet av packningen, och till slut stod de där, regnkläder på, vantar halvt blöta, men färdiga.

De gav sig iväg i regnet, som snart mattades av till ett mjukt dugg. Stigen smalnade, slingrade sig mellan stenfält och lågväxta fjällbjörkar. Marken var mjuk, nästan svampig, men vandringen kändes lätt. Det var något i luften, en lättnad. Som om regnet sköljt bort något inombords också.

De gick tysta. Steg för steg, andetag för andetag. De lyssnade till fjällen, vinden, sina egna hjärtan. Celina gick först, följd av Venus, och Sara lite längre bak. Avståndet dem emellan kändes naturligt, som om var och en behövde sitt eget utrymme att tänka.

Efter några timmar stannade de vid en sten som låg som ett bord vid en fjällbäck. Där satte de sig, tog fram nötter och mjukost, och lät fötterna vila.

Jag känner mig... fri, sa Venus efter en lång stund. Hon tittade ut över landskapet.

-Det var så tungt att lämna. Men nu... jag känner mig lätt. Som att jag hittat hem i mig själv.

Sara log. Jag vet. Det där inre hemmet. Det är det man letar efter, utan att alltid förstå det.

Hon plockade upp en kvist med blåbärsris och fingrade på bladen.

-Charlie... han är så mjuk. Jag vågade inte lita på att det kunde finnas någon som inte var trasig. Men kanske... vi attraherar det vi har läkt till.

Celina satt tyst ett ögonblick. Sedan tog hon en klunk vatten, lutade sig bak mot stenen och talade lugnt:

Livet är ett väv av kontraster. Sorg och glädje, skugga och ljus. Ingen dag är den andra lik. Men varje smärta vi gått igenom, varje fall, de har format oss.

Venus tittade på henne.

-Jag brukade tro att min styrka låg i att stå emot allt. Nu förstår jag... den låg i att känna allt, och ändå fortsätta.

Celina fortsatte, mjukt:

-Jag är den kvinna jag är idag, tack vare allt jag gått igenom. Och jag skulle inte byta ut mig själv mot någon annan version. För jag bär hela min historia i mitt hjärta. Och det är det som gör mig till mig.

Sara torkade en tår som plötsligt rann ner längs hennes kind.

-Det där behövde jag höra, viskade hon.

De satt en stund till, i tyst samförstånd. Regnet hade upphört. Himlen sprack upp, och där, precis vid horisonten, sträckte sig en regnbåge. En till dök upp. Dubbla bågar mot den tunga himlen.

-En dubbel regnbåge... sa Venus.

De reste sig, tysta. Solen bröt fram, och världen doftade jord, vatten, liv. De fortsatte gå. De satt en stund i tystnad, med utsikten av fjällens silhuetter i horisonten. Vinden lekte i björkarnas blad och solen kämpade sig igenom de kvarvarande molnen. Tystnaden var inte tom, den var full av närvaro.

-Vet ni, sa Venus plötsligt, -jag brukade tro att healing var något man gjorde en gång och sen var klar. Men det är inte så, eller hur?

Celina nickade långsamt. Nej. Healing är som att gå, steg för steg. Ibland går man framåt, ibland bara står man. Och vissa dagar går man bakåt, men det är också en del av resan.

-Jag märker, sa Sara och höll i sin termosmugg, att ju mer jag har vänt mig inåt, desto mer förändras min värld. Inte för att världen förändras, men för att mitt sätt att se på den förändras.

Exakt, sa Celina, -Det är där allt börjar, inte med att kontrollera världen, utan med att förstå sig själv. När jag började lyssna på mig själv, blev tystnaden inte lika skrämmande. Den blev en vän.

Venus strök handen över mossan där hon satt.

-Jag har alltid varit så mycket för andra. Så lojal, så tillgänglig. Men nu… nu vill jag vara lojal mot mig själv. Jag vill vara min egen bästa vän. Det är kanske det största steget jag har tagit i hela mitt liv.

De tre kvinnorna satt tysta en stund igen, men det var en delad tystnad. En som bar dem, snarare än skilde dem åt.

-Tror ni det finns en mening med allt vi går igenom? frågade Sara försiktigt.

Celina svarade inte direkt. Hon plockade upp en liten sten och vände den mellan fingrarna.

-Jag tror att livet inte ger oss mening. Vi skapar den. Av allt det som händer. Av det vi förlorar, av det vi vinner, och av allt vi lär oss däremellan.

Venus nickade. Som att varje smärta är en lärare. Varje förlust öppnar ett rum vi inte visste fanns.

-Och ibland, fortsatte Celina, måste vi först gå vilse för att hitta hem i oss själva.

Sara log, med ögonen fästa i fjärran. Och när man väl är där... då kan man se allt från ett annat perspektiv. Då förstår man att det inte var livet som var emot oss, det var vi som behövde vakna.

Venus tog ett djupt andetag.

-Jag tror inte vi är här för att undvika smärta. Jag tror vi är här för att förstå den. För att inte låta den förstöra oss, utan omvandla oss.

Celina lade sin hand på Venus knä, varsamt.

-Du har redan börjat göra det, sa hon. Du med, Sara. Vi alla. Vi gör det här. Tillsammans.

Och i det ögonblicket, när vinden svepte över fjällryggen och deras hjärtan bultade i samklang med jorden, kände de alla tre det:

En tyst visdom. En närvaro. En sorts fred. Den som bara infinner sig när man har gått genom mörkret och ändå väljer ljuset.

Genom passet

De hade lämnat dalens grönska bakom sig. Landskapet förändrades sakta men säkert. Steg för steg blev marken stenigare, klippigare, färgerna kallare, grått, blått, snövitt. Det var som om världen skalade av sig allt överflöd. Träden försvann, fågelsången tystnade, och kvar fanns bara vinden, bergen och deras andetag.

Celina höll en stadig rytm. Inte för fort, inte för långsamt, bara jämnt, stilla, som om hon var ett med fjället. Sara följde strax bakom. Hon hade dragit upp huvan på sin jacka, men ansiktet var öppet mot vinden. Hon log i tystnad. Det fanns en vördnad i hennes ögon, som om hon gick genom ett heligt landskap.

Venus gick sist, med blicken högt och stegen lugna. Hon stannade ibland och tog in utsikten, dalen som bredde ut sig bakom dem, bergväggarna som reste sig framför dem, molnen som svepte över krönet som väktare från en annan värld.

De pratade inte. Det fanns inget att säga. Tystnaden var vacker. Den var tung, men inte svår. Den bar på något större än ord.

När de närmade sig själva passet, Tjäktjapasset, började vinden tillta. Det kändes som om naturen ville påminna dem om vem som verkligen hade makten här. Stenar rullade löst under deras fötter, och andhämtningen blev tyngre.

Plötsligt stannade Celina till. Hon höjde handen. De andra stannade bakom henne. Framför dem öppnade sig världen. En vy så mäktig att tiden tycktes stanna. Det var som att stå på gränsen mellan världar, mellan det som varit och det som väntade. Bergen låg i lager av blått och grått. Ett molnsvall hängde som ett mjukt draperi över en av topparna. Längst där nere ringlade sig en smal bäck, som ett silverband genom landskapet.

-Det här, viskade Venus, det är magi.

De satte sig på varsin sten. Vinden svepte runt dem, lekte i håret, drog i ryggsäckarna. Men de satt stilla. Andades in. Andades ut.

Sara tog fram sin termos och hällde upp varmt te i tre kåsor. Ångan steg i det kyliga vädret som små moln.

-Vet ni, sa hon tyst, jag tror att det är här jag förstår vad frihet verkligen betyder. Det här... är att vara levande.

Celina svarade inte. Hon bara tittade ut över vidderna, som om hon samtalade med världen själv.

Venus log. -Och vi behöver inte prestera något här. Vi behöver bara vara.

De satt där en lång stund. Lyssnade till tystnaden. Kände vinden mot kinderna. Kände sina egna hjärtan slå i takt med fjällets puls. När de reste sig och fortsatte, var det med lättare steg, som om själva landskapet hade viskat något till dem. Något viktigt. Något evigt.

Tältets tystnad och hjärtats trygghet

Regnet hade tystnat. Bara enstaka droppar rann ner från tältduken och försvann i det mjuka gräset. Fjällen vilade i skymningen. Ljuset var fortfarande kvar, svagt men silkeslent, som om det svepte filtar av dämpat guld över berg och dal.

Inne i tälten glödde lågmälda samtal. Doften av kanel, torkade aprikoser och varmt te låg kvar i luften. Påsar med nötter, choklad och frystorkad mat låg utspridda mellan kåsor och termosar.

Celina satt med ryggen lutad mot ryggsäcken. Hon höll sin kopp med båda händer och log med ögonen slutna. Ansiktet avslappnat, som om varje muskel förstått att det inte längre fanns något att skydda sig mot.

Sara låg på magen, med hakan vilande på sina armar. Hon stirrade mot tältväggen som fladdrade lätt i vinden.

-Vet ni… började hon, lågt. Det slår mig nu… hur stilla det är. Inte bara här ute. Inuti också.

Venus drog upp knäna under filten och hummade. Ja. Det är som om allt äntligen får vila.

Sara lyfte blicken mot Celina.

–Kommer du ihåg hur vi satt runt elden i skogen? När vi var på väg… innan… innan vi ens visste om vi skulle överleva.

Celina öppnade ögonen. De var mörka men mjuka. Jag minns. Och jag minns känslan. Att det var vi mot världen. Alltid på vakt.

Venus log snett. -Och nu… vi är fortfarande i naturen, men det är inte längre en kamp. Det är hem.

De blev tysta en stund. Ute hördes ett avlägset fågelrop, ett sus genom fjällgräset. Allt annat var stilla.

Sara satte sig upp. -Jag tror det här är skillnaden. Då överlevde vi. Nu lever vi.

-Ja, viskade Celina. -Och vi njuter av det enkla. Värmen från en kopp te. Doften av lingon i kvällsluften. Att få prata utan rädsla. Att få sova utan att vakta.

Venus tog en bit choklad och lät den smälta på tungan. Hon log. -Och att skratta igen. Det är det vackraste. Att kunna skratta efter allt.

Sara lutade sig tillbaka mot tältväggen. -Jag är så tacksam att vi är här. Att vi fortfarande finns.

-Att vi har varandra, fyllde Celina i. -Och att vi vågade ta oss hela vägen hit, inte bara till fjällen, utan till oss själva.

De satt där länge. Småpratade. Skrattade lågt. Delade minnen. Delade drömmar. Delade chokladbitar som om de var dyrbara skatter.

Och när de till slut drog igen sina sovsäckar och tystnade en efter en, vilade de i något som kändes heligt. Inte trygghet för att världen hade förändrats. Utan trygghet för att de hade gjort det.

Landskapet
öppnar sig

D e lämnade Allihjälpstugan i tyst samförstånd, tält, stormkök och frystorkad mat nerpackat i ryggsäckarna. Det var tidig morgon, luften krispig och klar, och marken fortfarande fuktig av nattens dagg. Det första ljuset låg mjukt över fjällen, som om solen själv smög sig fram, varsamt.

Stigen bar dem bort från skyddet av träden. De tre kvinnorna gick i tystnad. Skogen blev glesare, marken stenigare. Fjällhedar öppnade sig, stora öppna ytor med låg vegetation, mossor och tuvull som vajade i vinden. Bakom dem låg dalarna som de just lämnat, framför dem reste sig böljande kullar och snötäckta toppar, ödsliga, men vackra. Här var världen större. Andetag djupare.

Celina gick först. Hennes steg var rytmiska, fokuserade, som om varje fotisättning var ett samtal med marken under henne. Hon kände vinden kyla mot halsen, men välkomnade den. Den påminde henne om att hon levde. Hennes tankar vandrade till Casper. Hon såg honom i allt, i de tunga molnen som drev över fjällen, i ljuset som lekte på vattenytan. Hon viskade tyst för sig själv: -Du är med mig.

Sara gick några meter bakom, insvept i egna tankar. Hon tänkte på Charlie, på den nya känslan av att kunna tycka om någon utan rädsla. Hon mindes den första tiden i Sverige, oron, rädslan, kampen. Nu bar hon en annan känsla inom sig. Inte triumf, utan stilla tillit. Ett liv var möjligt. Ett liv som inte bara handlade om överlevnad.

Venus gick sist. Hon log för sig själv när hon såg sina vänner framför sig. Deras ryggar rörde sig lugnt i takt med deras steg. Hon tänkte på sin mamma, på konsten, på sin nya lägenhet. Att få vandra med två kvinnor som gått igenom så mycket och ändå valt att älska livet, det var en ynnest. Hon kände sig tacksam.

När förmiddagen kom, tog de paus. De slog sig ner på en hög platå där utsikten bredde ut sig i alla riktningar. Himlen var hög och molnen drev långsamt. Här och där såg man fjällsjöar glittra som speglar. De satt tysta en stund, tuggade på sina nötbars och drack vatten från sina flaskor.

– Vet ni, sa Celina plötsligt, jag har tänkt mycket på det där… hur allt förändrades när jag slutade fly från mig själv.

Sara lyfte blicken. Venus la huvudet på sned.

– Det var som om hela mitt liv var byggt på att passa in, förstå andra, rädda andra. Men nu förstår jag att all verklig förändring börjar här, hon pekade mot sitt hjärta. -Med mig. När jag älskar mig själv, då älskar jag världen annorlunda.

– Det är vackert, sa Venus. Jag känner igen det. Det är som om alla relationer speglar den vi har med oss själva.

– Mm, nickade Sara. Och när jag tänker på hur vi satt runt elden i kampen och frös, hur vi var rädda, och nu sitter här, med fri sikt över bergen och varm sol i nacken... det är en välsignelse. Den här stillheten... det här är trygghet.

De tre kvinnorna satt länge där, utan att någon behövde fylla tystnaden. Fjällen talade. De var omgivna av vindens sus, fjärilar som virvlade i luften, fjällens andning.

När de reste sig igen och började gå vidare, var stegen lätta. Det kändes som att vandra in i ett nytt kapitel, inte bara på leden, utan i livet.

Ett dopp i friheten

L andskapet hade långsamt förändrats under dagens vandring. Fjällen bredde ut sig likt uråldriga skyddsandar, och vid deras fötter låg den, sjön. Som ett vilande öga i naturen. Stillastående, klar som glas, färgad i nyanser av turkos och smaragd. Den glittrade under den högstående solen, inbäddad mellan sluttningar och klippor.

Sara, Celina och Venus stannade till på höjden ovanför och bara stirrade.

– Det ser inte verkligt ut, viskade Venus.

När de kommit ner till sjön lade de försiktigt av sig ryggsäckarna i mossan. Celina drog av sig sin jacka, lät den glida ner från axlarna. T-shirten under var genomsvettig, klistrad mot huden. Hon drog av den också, bar nu bara sport-bh och fjällbyxor. Svettdroppar rann från tinningen ner mot halsen, hennes hår var fuktigt. Hon satte sig på en sten nära vattenkanten. Andades. Det var som om tiden stannade här.

Inga människor, inga röster. Bara vinden som smekte fjällgräset och sjöns andedräkt som steg upp i värmen. Ett örnpar svävade högt ovanför dem. Sara tog fram sina kåsor. Venus plockade fram nötter, torkad frukt och några mackor de hade gjort kvällen innan. De åt i tystnad, tuggade långsamt, som om varje bit smakade annorlunda just här. De drack kallt fjällvatten som de samlat tidigare. Allt kändes heligt. Efter en stund lutade Sara sig tillbaka, solens strålar värmde hennes kinder.

– Det är nästan för varmt idag, sa hon med ett mjukt leende.

– Jag vet,sa Venus. Solen bränner som i juli.

Hon reste sig långsamt. Tittade mot vattnet. Ställde sig på en sten. Hon log. Hennes ögon glittrade.

– Vet ni vad? sa hon och började ta av sig tröjan.

Celina vände sig om, förvånad. Sara höjde ett ögonbryn.

– Jag tänker bada! sa Venus bestämt, medan hon lät sina byxor falla till marken.

– Naken?! utbrast Sara.

– Jajamen! Finns ingen här. Bara vi. Den här platsen är för frihet! ropade Venus och tog av sig underkläderna också. Hon sprang mot sjön, hennes skratt studsade mellan fjällväggarna. Vattnet skvätte när hon kastade sig i.

Celina började gapskratta. Det var som om något släppt inom henne.

– Hon är galen! sa Sara och log.

– Eller fri, svarade Celina.

Sedan började Celina ta av sig kläderna, ett plagg i taget. Hon gjorde det långsamt, vördnadsfullt, som ett avklädande av gamla roller. Hon lät vinden kyssa hennes hud. Sedan sprang hon efter, skrattande som ett barn.

Sara stod kvar. Skakade på huvudet. Suckade, men kunde inte låta bli att le.

– Ni är galna! ropade hon.

– Kom då! ropade Venus från vattnet.

Sara lät ryggsäcken falla. Drog tröjan över huvudet. När hon stod där naken kände hon något hon inte känt på länge, lätthet. Hon sprang, hoppade, skrek när det kalla vattnet slog mot hennes hud.

– Det är ISKALLT! skrek hon.

De skrattade. Alla tre. Och sedan blev det tyst. En mjuk tystnad.

De flöt på rygg i det turkosa vattnet. Vattnet omfamnade dem som en moder, sval, stilla, trygg. Över dem den oändliga blå himlen. Under dem djupet av fjällsjön. Runt dem bara berg, tystnad och evighet.

Sara sneglade mot Celina, som låg med ögonen stängda, leende.

– Det här, sa hon lågt, det här är frihet.

Eld, kropp och frihet

E lden sprakade lågmält framför dem. Små gnistor dansade upp i den blåtonade kvällshimlen. Luften var mättad med doften av fjällrök, varm granris och fuktig jord. De satt insvepta i sina ulltröjor, håret fortfarande fuktigt från badet. Venus drog filten tätare omkring sig och kisade mot lågorna.

– Alltså… jag kan inte minnas sist jag kände mig så fri, sa hon tyst.

Celina log. Hennes kinder glödde fortfarande, inte av eld, utan av något annat, något djupare.

– Jag vet inte varför vi alltid ska skämmas, sa hon och sträckte ut benen mot värmen. För våra kroppar. För våra rynkor. Våra bristningar. Våra ärr. Som om det inte är bevis på att vi lever.

Sara nickade långsamt.

– Jag tänkte på det där när jag låg i vattnet, sa hon. Hur vi ofta gömmer oss. Inte bara våra kroppar, utan känslor. Rädsla. Drömmar. Vi spänner oss. Vi bär så mycket.

En tystnad följde. Ingen behövde fylla den. Elden sprakade vidare. En uggla ropade långt borta. Himlen skiftade i rosa och lila.

– När jag sprang naken mot sjön... sa Venus långsamt. Jag kände ingen skam. Inte ett uns. Det var som om jag lämnade alla andras blickar bakom mig. Som om jag inte längre brydde mig om vem som såg.

– Det är så det borde vara, sa Celina. Tänk att vi måste ut i vildmarken, ta av oss alla lager, för att komma tillbaka till det mest naturliga vi har, våra kroppar. Våra känslor. Våra jäkla liv.

Sara log snett.

– Vi borde bada nakna oftare.

De skrattade. Högt. Fritt.

Sen blev det stilla igen. Venus rörde med fingret i gruset.

– Jag hatade min kropp ett tag, erkände hon. Efter relationen. Efter all kontroll. Det var som om jag bar honom på mig. Som om varje gång jag såg mig själv, såg jag hans blick.

Celina sträckte ut en hand. Tog hennes.

– Jag vet exakt vad du menar.

Sara lutade huvudet mot knäna.

– Jag minns när jag började träna igen, bara för att känna att jag ägde min kropp. Inte för att förändra den, inte för att bli någon annan, utan för att komma tillbaka till mig.

Venus nickade.

Elden brann ner till glöd. Himlen mörknade.

– Tänk att det krävdes ett dopp i en fjällsjö för att vi skulle komma fram till det här, sa Sara och flinade.

– Det var inget vanligt dopp, svarade Celina och sneglade mot dem. Det var en ritual. En återkomst.

Venus log.

– Till oss själva.

De satt där länge. Pratade vidare. Om kroppen. Om livet. Om att lära sig vara i fred med sig själv. Och i skenet från elden, med fjällen som vittnen, svor de tyst, var och en för sig, att aldrig mer förminska sig själva.

En sista vändning
på Kungsleden

M orgonen vaknar långsamt. Dimman hänger lågt över fjällen
som en slöja av andlighet, som om naturen vill viska: Det
här är snart slut.

Sara är den första som vaknar denna gång. Hon kryper ut ur tältet,
och världen är tyst. Nästan helig. Hon går till bäcken, sköljer ansiktet
i det iskalla vattnet och tittar upp mot himlen. Något i hennes bröst
rör sig, en längtan, en vördnad, en avslutning som närmar sig.

Celina och Venus vaknar en stund senare. De möts i en långsam
frukost, men något är annorlunda. Luften känns lättare. De är nära
slutet av sin vandring, men också början på något nytt.

När de ger sig iväg den morgonen har landskapet förändrats. Det är
grönt igen. Ljusgrönt, livfullt. Träden har återvänt, som om världen
öppnar armarna för att ta emot dem. En fågel följer dem länge.
Fjärilar flyger lågt över stigen. Luften är fuktig av löften.

Plötsligt, ett skrik. Venus halkar på en sten och ramlar med ett skratt
ner i mossan. Hon ligger där och skrattar så tårarna rinner. Sara
och Celina rusar fram, rädda, men ser genast att hon är oskadd.

Då skrattar de också. Så där rakt från magen. Och skrattet klingar ut över fjället, så högt att det säkert hörs hela vägen till Norge. En renflock dyker upp längre bort. De stannar. Tystnad. Hjärtat stannar nästan. Naturen bjuder på sitt sista mirakel. Och när solen börjar sjunka, når de det sista lägret.

Tystnadens sjö

C elina sitter med benen korsade, fötterna nakna mot det svala gräset. Sjön ligger spegelblank. En svag dimma dansar över vattenytan. Hon tittar ut över landskapet, bergen, himlen, vinden som viskar genom trädens kronor.

Sara sitter en bit ifrån, händerna kupade runt en kopp te. Venus ligger i gräset med händerna bakom huvudet och ögonen slutna. Ingen säger något. De behöver inte. Allting i dem är tyst, men fullt av liv.

Celina lägger handen över sitt hjärta. Hon tänker på Casper. På smärtan. På kärleken. Och hon känner honom i vinden. Inte som ett minne, utan som en närvaro. Fri. Och med henne.

Sara tänker på hur hon en gång kämpade för att bara överleva. Nu lever hon. Och hon älskar. Och hon vet att hon förtjänar det.

Venus tänker på friheten. Hur det känns att vara själv, och hel. Att inte behöva någon annan för att känna att man är värd att älskas. Hon andas djupt in, och släpper taget om det sista som hållit henne tillbaka.

Solen sjunker långsamt. Himlen färgas i toner av brons, lavendel och ros.

Och där, i stillheten, medan världen håller andan, förstår de. Livet är inte något vi kontrollerar. Det är något vi möter. Vi är inte här för att vinna, för att äga, för att samla. Vi är här för att känna. För att växa. För att älska. Och när vi vänder oss inåt, när vi stannar upp och lyssnar, då finner vi meningen. Den bor inte i framgång. Den bor i närvaro. I andetag. I ögonblick. I tystnaden vid en fjällsjö.

Celina viskar till sig själv:

-Jag är hemma.

Och vinden bär det vidare.

Skrattet innan stillheten

Elden sprakade svagt, doften av tallbark och fuktig rök fyllde luften. De tre kvinnorna satt tätt ihop, inlindade i varsin filt, torkade av dagens svett och skrattade så det ekade mellan fjällsidorna.

Venus berättade om sitt försök att laga frystorkad pasta, som slutade med att hon spillde halva på sina strumpor. Sara skämtade om att hennes ryggsäck var så tung att den borde få ett eget personnummer. Och Celina, Celina log stort och hjärtligt, men mest lyssnade hon.

För första gången på länge fanns det inget att överleva. Inget att skydda sig mot. Bara detta: värmen, lågorna, vänskapen. Livet var enkelt och sant.

Venus sa:

– Tänk att vi är här. Att vi andas. Att vi är fria.

Sara nickade.

– Det är första gången på länge som jag inte är rädd.

Celina tog en klunk varm te och tittade upp mot stjärnorna.

– Och det är första gången på länge jag känner att jag lever. Inte för någon annan, inte för att fly. Utan för mig.

Deras skratt dog inte ut. Det ebbade långsamt ut i stillheten. Och det som återstod var lugn.

Celinas Sjö

Hon satt där. På stenen. Med ryggen rak och hjärtat öppet. Ljuset från den låga solen kastade guld över vattenytan, som låg spegelblank och stilla, som om världen själv höll andan. Celina lät blicken vandra ut över sjön. Bergen bakom speglades som en annan verklighet i ytan. Hon visste att hon var framme. Inte bara vid vandringens slut, utan i sig själv. Bakom henne, längre upp på land, satt Venus och Sara vid elden. De sa inget. Bara betraktade henne i tyst vördnad.

Celina blundade. Hon kände vinden mot sin hud, som om jorden själv viskade till henne. Hon tänkte: Jag är inte samma som när jag började. Och det är bra så. Hon hade gått genom sorg, genom rädsla, genom dörrar som slagit igen med kraft. Hon hade förlorat, förlåtit, och funnit. Framför allt hade hon hittat sig själv.

Hon visste nu, att trygghet bor inte i människor eller platser, den bor i henne. Att frihet är inte att lämna något, det är att möta sig själv. Och att kärlek, den börjar inuti. Hon log. Och i det leendet fanns hela hennes liv.

Celina satt tyst vid sjön, vattnet stilla som en spegel. Solen lutade sig långsamt mot horisonten, spred guld och rosatoner över fjälltopparna. Det var som om hela landskapet viskade till henne: "Du har klarat det."

Hon andades djupt in, höll andan för ett ögonblick, och släppte sedan taget. Smärtan. Sorgen. Tvivlet. Allt hade fått följa med henne på vandringen, men här, i denna sista stund, lät hon det förvandlas till styrka. Venus och Sara satt några meter bort, värmda av eldens glöd. De tittade på henne och log i tyst förståelse. Det behövdes inga ord längre.

Celina såg sin spegelbild i det blanka vattnet. Hon såg kvinnan hon blivit. Den hon alltid varit, men som nu klivit fram. Och i hennes tankar hördes orden, nästan viskande i vinden:

Svanen står still

Inte av fåfänga,

utan i förundran,

som om den såg sig själv för första gången.

Mellan himmel och vatten, skugga och själ,

den stannar upp.

I morgonens stillhet,

blir till och med en spegelbild en lärare.

EFTERORD

O m du har läst ända hit vill jag säga: tack!

Den här boken har skrivits från djupet av mitt hjärta. Varje karaktär bär på ett fragment av verklighet, varje scen bär spår av min själ. Jag har vandrat, älskat, förlorat, rest mig, gråtit, skrattat, förlåtit, och till slut funnit frid.

I tystnaden bland bergen och vindens viskning över sjön, fann jag mig själv.

Det här är inte bara en berättelse. Det är ett vittnesmål. Ett bevis på att det går att resa sig. Att det går att börja om. Att det går att läka. Jag har lärt mig att livet går dit min uppmärksamhet går. Ju mer jag ser det vackra, desto mer vackert visar sig livet.

Jag vill tacka min mamma, den starkaste kvinna jag känner. Du är min förebild, min pelare, mitt hjärta. Tack vare dig lärde jag mig att aldrig ge upp. Varje gång jag föll, reste jag mig, för det var så du gjorde.

Jag vill också tacka livet, för allt det gav, för allt det tog, och för allt det lärde.

Och jag vill tacka dig, kära läsare,
för att du valde att följa med på den här vandringen, in i smärtan, in
i skönheten, in i stillheten.

Må du också finna din egen väg.

Må du aldrig glömma att du är värdefull, precis som du är.

Med all min kärlek,
Maryam

www.ingramcontent.com/pod-product-compliance
Lightning Source LLC
LaVergne TN
LVHW040250281025
824438LV00017B/61